68

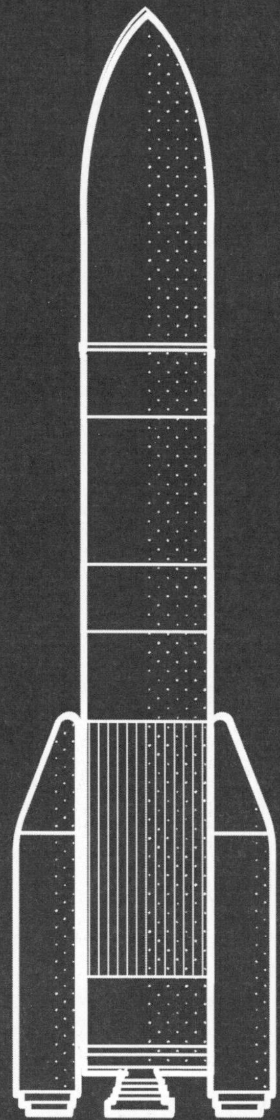

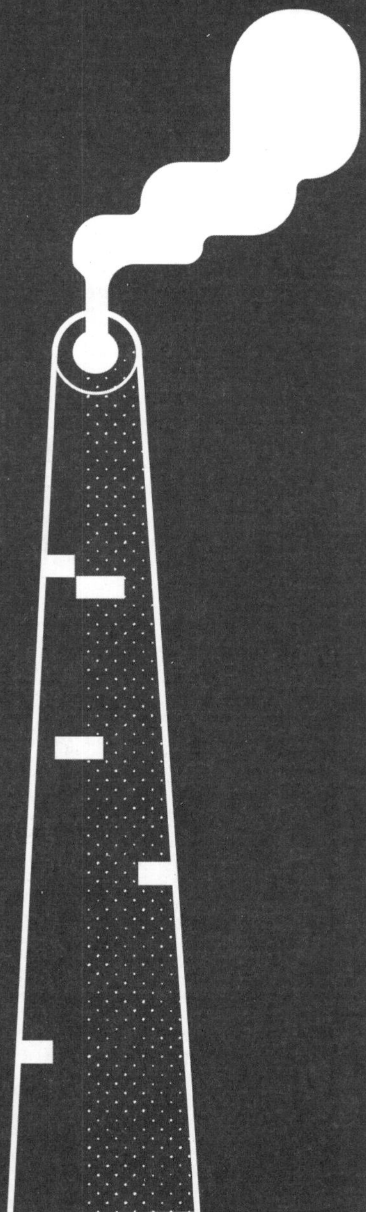

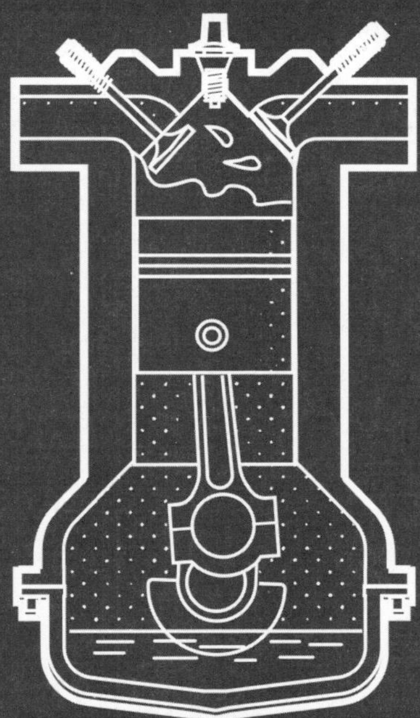

DESCOBRIM L'ENERGIA

EDUARD ALTARRIBA

JOHANNES HIRN i VERÓNICA SANZ

Traducció de Raquel Solà

JOVENTUT

Índex

A l'univers hi ha milers de milions de galàxies formades per milers de milions d'estels. A l'interior dels estels, unes partícules minúscules xoquen entre si i alliberen una font d'energia d'una potència increïble, que és el que fa que les coses es moguin i canviïn. Després, aquesta energia escapa en forma de llum i d'altres partícules que viatgen a través de l'espai.

Un d'aquests estels, el nostre Sol, és la font de tota l'energia que dona vida a la Terra, malgrat que està a milions de kilòmetres de distància de nosaltres. Aquesta energia fa que les plantes creixin, i aquestes plantes alimenten els animals. El petroli, el carbó i el gas també contenen energia solar i els éssers humans han descobert formes intel·ligents d'alliberar aquesta energia.

Gràcies a la ciència, la llum del Sol també pot aprofitar-se per produir electricitat. A més, la calor del Sol origina els vents, que es poden utilitzar per produir electricitat. En aquest llibre, descobriràs les nombroses i apassionants formes en què l'energia afecta les nostres vides.

L'energia del Sol

L'energia del Sol és necessària per a l'existència de tots els éssers vius de la Terra. L'energia del Sol recorre 150 milions de kilòmetres per l'espai i ens dona calor i llum natural. Quan la calor del Sol arriba a la Terra, els gasos del nostre aire l'atrapen i actuen com un hivernacle. Aquests gasos es coneixen com a **gasos amb efecte d'hivernacle**, i **el diòxid de carboni** (CO_2) és un dels principals gasos amb efecte d'hivernacle.

Les plantes

La majoria de plantes utilitzen la llum del Sol, l'aigua i el gas CO_2 de l'aire per créixer. Aquest procés s'anomena FOTOSÍNTESI. Els arbres i les plantes utilitzen la llum del Sol per produir sucres i altres elements que els ajuden a créixer.

Els animals

Tots els animals mengen plantes o altres animals. Els animals utilitzen l'energia emmagatzemada a les plantes per créixer i moure's. Aquesta energia es queda a l'animal fins que la necessita o, si acaba com a aliment d'un altre animal, s'emmagatzema en aquest. Les reaccions implicades en la digestió i RESPIRACIÓ alliberen part del CO_2 de les plantes de tornada a l'aire.

El foc

Fa més d'un milió d'anys, els primers humans van començar a utilitzar el foc per escalfar-se, cuinar i mantenir allunyats els animals perillosos. CREMAR plantes en forma de fusta o carbó allibera el seu CO_2 a l'atmosfera d'una manera molt semblant a quan respirem.

Energia muscular

Els músculs del nostre cos ens ajuden a moure. Ho fan generant una **tensió**, empenyent i arronsant-se o escurçant-se. Quan aquesta tensió s'allibera, el múscul torna a la mida que tenia en descans i l'os al qual està unit es mou. Aquesta energia muscular és la que fa que movem les cames, els braços i la resta del cos per acomplir tasques físiques.

Els primers humans construïen refugis fent MOVIMENTS MUSCULARS. Els humans moderns fem el mateix, però ara utilitzem màquines per realitzar les tasques amb més rapidesa.

Els humans es van adonar que els ANIMALS podien treballar per a ells. Podien muntar a cavall per anar d'una banda a una altra més ràpidament que qualsevol ésser humà. Els bous podien tirar l'arada pesada que una persona no podia moure. Aquests animals són més grossos que les persones, per tant, els seus muscles són més grans i emmagatzemen més energia que nosaltres.

Què és l'energia?

Els científics diuen que el **TREBALL** es genera quan una força aplicada a un objecte fa que aquest objecte es mogui. Quan apliques una força, per exemple xutant una pilota, mous la pilota. Les persones que estan assegudes en una reunió parlant de coses importants no fan realment un «treball», però també en diuen així.

Tot i que sempre s'ha sabut que les coses es mouen, durant molt de temps ningú no sabia com o per què ho feien. Aristòtil, un savi de l'antiga Grècia, es va adonar que encara que de vegades no passi res, pot passar. Això s'anomena **POTENCIAL**. Així, una pilota que no està en moviment té el potencial de rodar per un pendent. Aquesta **CAPACITAT DE REALITZAR UN TREBALL**, Aristòtil la va denominar **ENERGIA**.

Energia potencial i cinètica

Aristòtil també va veure que l'arc tensat d'un arquer tenia potencial. Quan l'arquer deixa anar la corda tensada, l'**ENERGIA POTENCIAL** impulsa la fletxa endavant a una gran velocitat (si l'arquer és bo). Aquesta energia alliberada és l'**ENERGIA CINÈTICA**.

L'arc conté l'energia potencial mentre es manté tensat. Es pot alliberar en qualsevol moment deixant anar la corda. Després, l'energia de l'arc es transmet a la fletxa i l'arc ha fet el seu treball.

Segles de navegació

Pel que sabem, els egipcis van ser els primers que van utilitzar embarcacions, fa 5.500 anys. Quan volien impulsar els seus vaixells al riu Nil havien de moure la vela de tal manera que estigués de cara al vent perquè la força cinètica del vent l'impulsés. El vent creava una pressió més alta en una de les cares de la vela. La vela, i per tant tot el veler, es movia de la zona d'alta pressió a la zona de baixa pressió.

Aprofitar el vent

Des de les naus egípcies que usaven una senzilla vela quadrada fins als enormes vaixells mercants fets d'acer amb cinc pals, els mariners han aprofitat el vent per moure els seus vaixells per la superfície dels mars, rius i oceans per explorar, comerciar, lluitar o per plaer.

Antigament, els mariners resaven als déus demanant que els enviessin vents per moure els seus vaixells. Ara sabem que la calor del Sol mou l'aire i origina el vent.

ELS VENTS CANVIEN DE VELOCITAT, FORÇA I DIRECCIÓ, I ELS MARINERS SEMPRE ELS HAN HAGUT DE DOMINAR.

ÚS DEL vent

Les pedres de molí són unes pedres pesades que es fan servir per moldre el blat i fer farina. En comptes de moure-les ells o els seus animals, es van adonar que es podia fer servir la força del vent gràcies a una màquina enginyosa anomenada molí de vent.

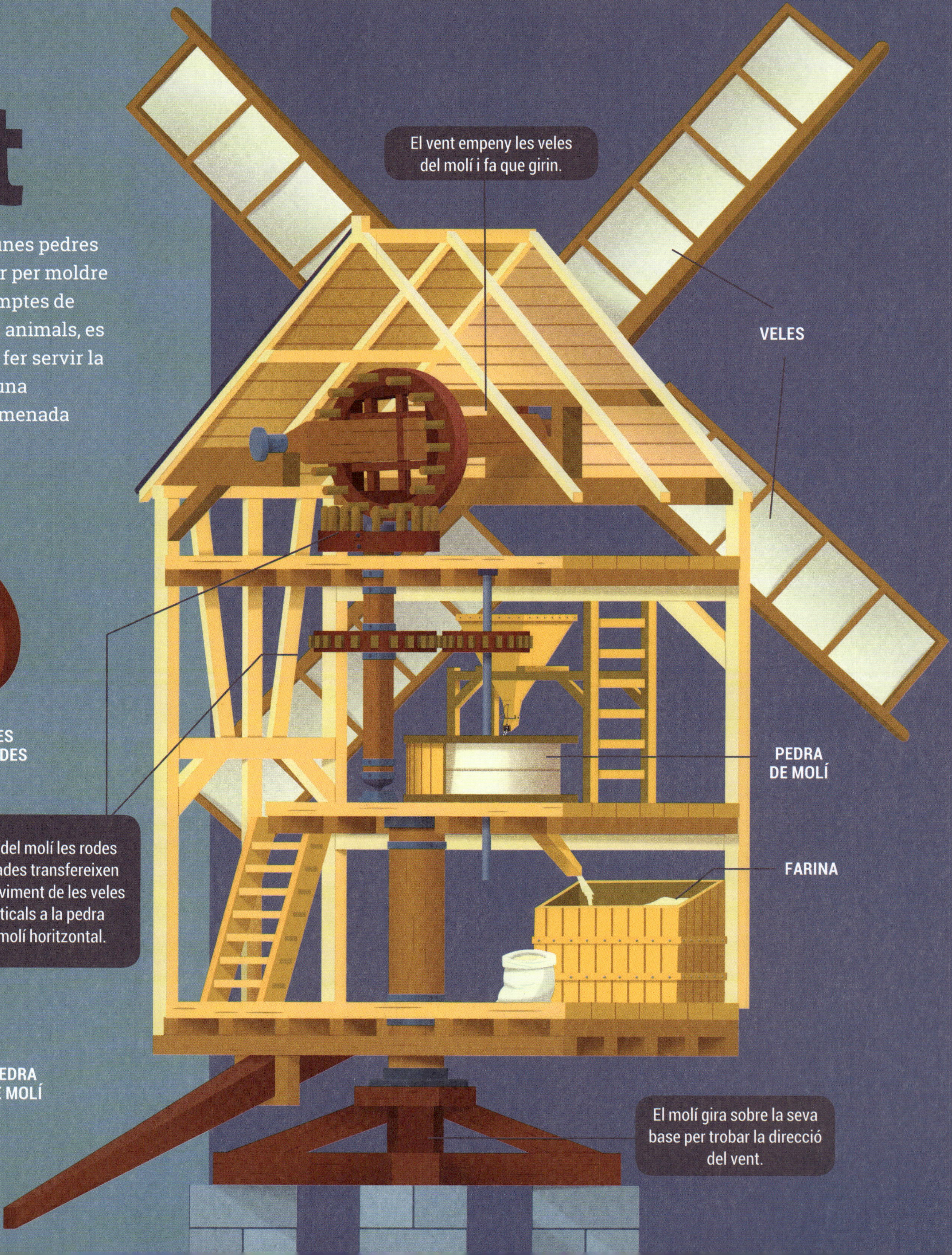

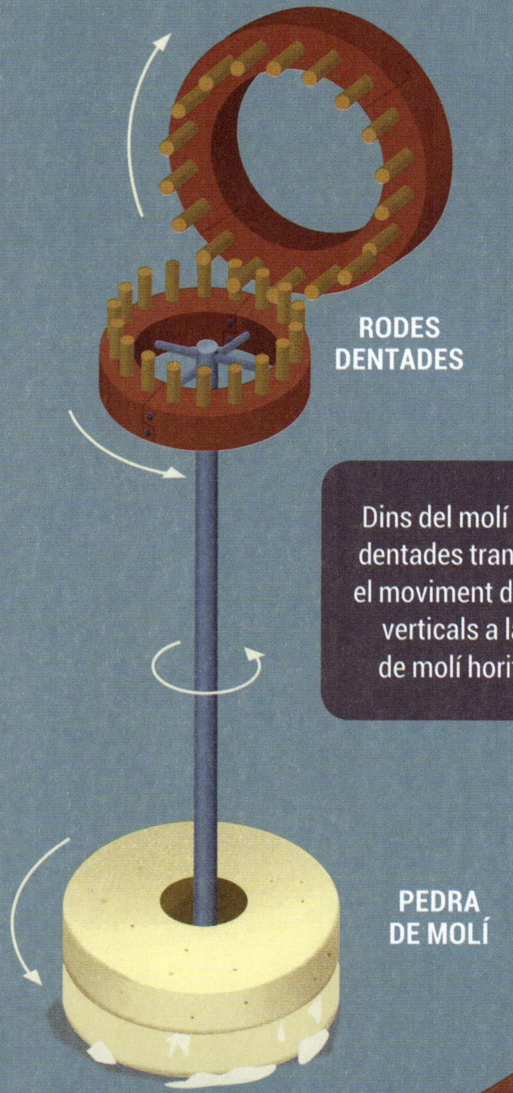

HI HA VENT A LA LLUNA?

Encara que pensem en l'aire com un espai buit, en realitat conté **GASOS** com el nitrogen, l'oxigen i vapor d'aigua. Al voltant de la Terra hi ha aire a l'atmosfera, però no n'hi ha al voltant de la Lluna. Això significa que no hi ha res per bufar i causar vent.

Quan els astronautes de la missió Apollo van plantar una bandera a la superfície de la Lluna, van afegir una barra a la vora superior perquè la bandera s'aguantés, si no hauria quedat penjant. Sense vent, la bandera no hagués pogut onejar.

Energia hidràulica

Les preses són parets gegants construïdes en els rius per evitar que flueixin. L'embassament que es forma darrere d'una presa té **energia potencial.** Quan la presa s'obre, l'aigua flueix cap avall atreta per la força de la **gravetat** terrestre. La gravetat és la força que ho atrau tot cap al centre de la Terra. Igual que passa amb els animals o el gelat que cau, l'aigua també és atreta cap avall per la força de la gravetat. A mesura que l'aigua flueix, cau més ràpidament i empeny objectes **transferint-los energia.**

Un molí hidràulic pot transformar el flux d'aigua en un moviment de ROTACIÓ, que es pot emprar en màquines semblants al molí de vent. Gràcies als molins d'aigua, podem aprofitar l'energia del flux dels rius i rierols.

ÚS DEL CABDAL DEL RIU PER PUJAR AIGUA

ÚS DEL CABDAL DEL RIU PER IMPULSAR MAQUINÀRIA

ÚS DE LA GRAVETAT PER IMPULSAR UNA SÍNIA

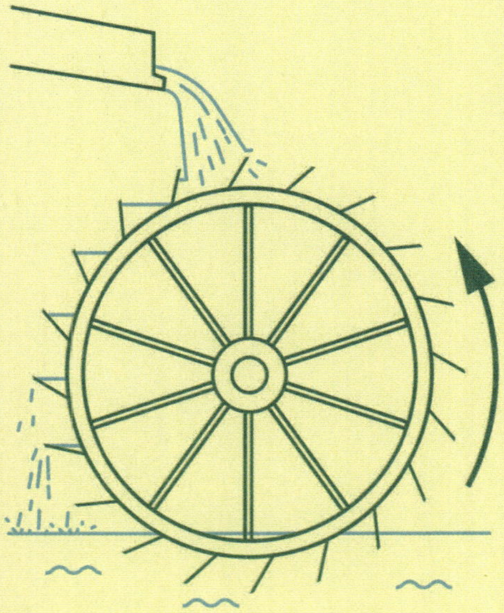

SÍNIA

ÚS DEL CABDAL DEL RIU PER FER GIRAR ENGRANATGES

CANALITZAR L'ENERGIA

Els MOLINS D'AIGUA s'usaven per fer una sèrie de tasques en què calia fer servir força i moviments repetitius, com per exemple moldre el gra, esmolar les eines, serrar la fusta i teixir la tela.

Fa uns dos mil anys, els molins d'aigua es feien servir per moure martells que forjaven metalls roents. Quan l'energia cinètica de l'aigua es transfereix a la roda, la roda gira. Alhora, aquesta fa girar l'engranatge de l'extrem de l'eix. Les dents de l'engranatge empenyen l'extrem del braç del martell cap avall i el cap del martell s'alça. Quan la dent es mou, el braç es deixa anar i el cap de martell pesat cau per la força de la gravetat.

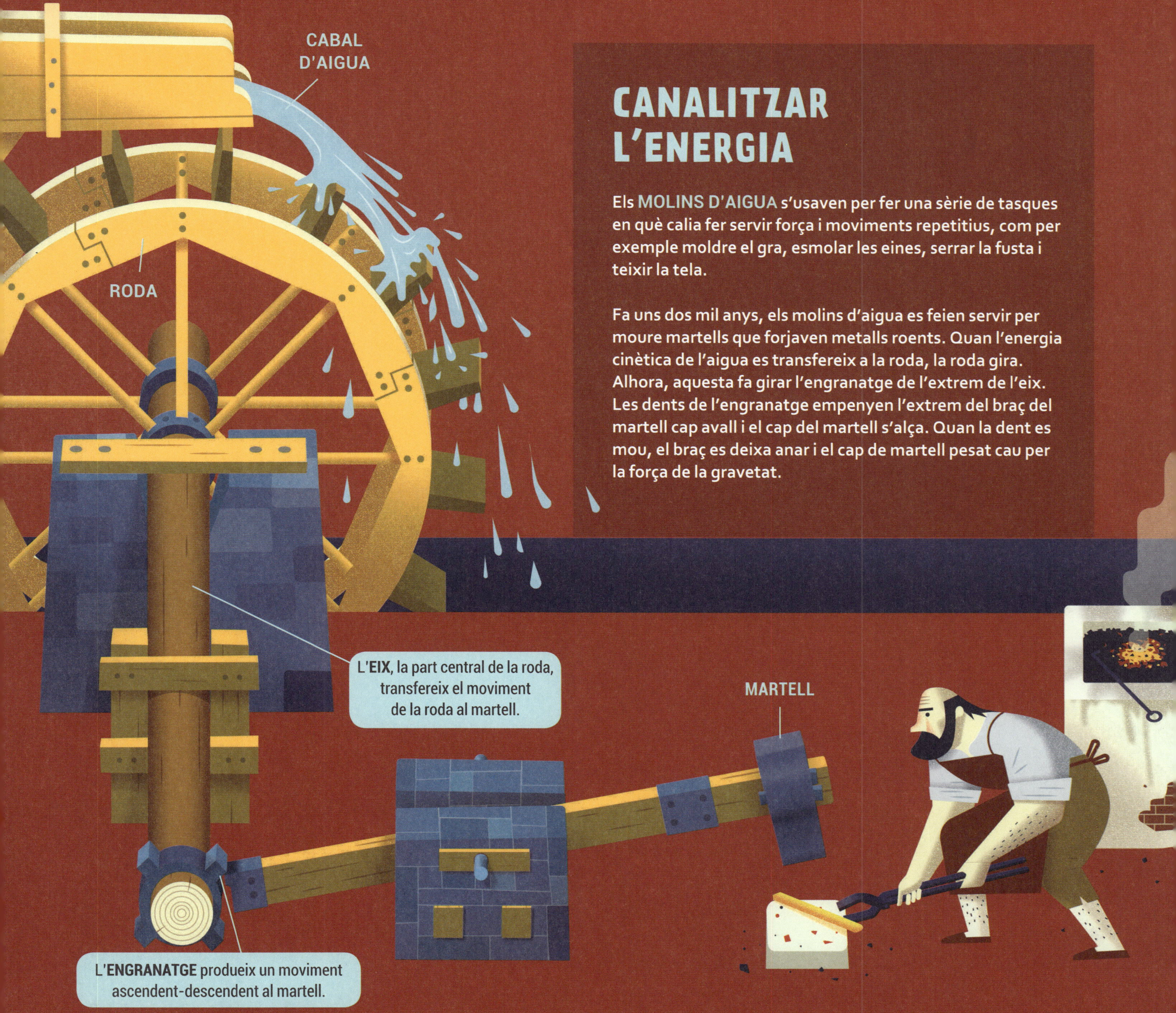

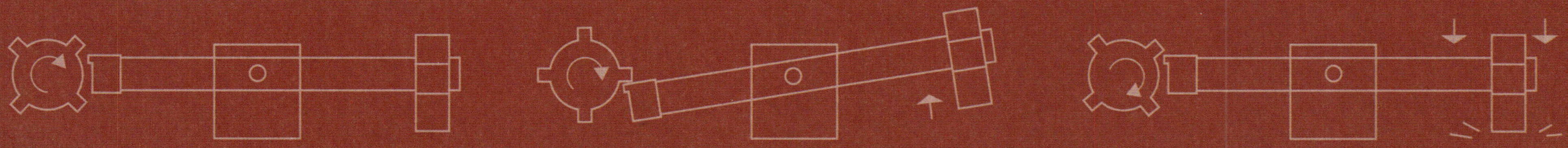

Matemàtiques i mecànica

Al llarg del temps, les matemàtiques s'han fet servir en la vida quotidiana per a comptar quantitats de gra, oli, vi i altres productes valuosos, així com per calcular despeses i pagaments. I aviat es van adonar que, amb les matemàtiques, es podia descriure tot l'univers.

Des de fa milers d'anys, l'ésser humà ha estudiat els moviments dels estels i els planetes del firmament. Ha observat patrons i repeticions en aquests moviments i ha començat a calcular la posició dels planetes amb més precisió. Construint models del Sistema Solar, els astrònoms van intentar comprendre els patrons dels moviments dels planetes que observaven.

Els primers científics, entre ells GALILEU GALILEI i ISAAC NEWTON es van adonar que les mateixes lleis del moviment que regien els planetes també eren aplicables als objectes a la Terra. Per exemple, la força que fa que les pomes caiguin a terra és la mateixa força bàsica responsable del moviment dels planetes al voltant del Sol.

La ciència va ajudar a comprendre com funciona la natura. Aquest coneixement va fer que els enginyers inventessin moltes màquines i dispositius que van canviar la vida de les persones.

GALILEU

Un **PÈNDOL** és un pes que penja de manera que pugui oscil·lar lliurement cap a un costat i cap a l'altre. Galileu va fer servir el moviment regular dels pèndols als seus experiments per estudiar la mesura del temps.

NEWTON

NEWTON va descobrir les lleis bàsiques de la natura i les va expressar amb equacions matemàtiques.

GALILEU va idear maneres de provar què passa quan una cosa cau a terra des d'una gran altura.

Rellotges i robots

A partir del simple **PÈNDOL**, es van crear màquines complexes com els rellotges per mesurar el temps. Fins i tot els **ROBOTS** que duen a terme tasques mecàniques van evolucionar a partir del pèndol.

Aquestes màquines requereixen mecanismes de bobina per **EMMAGATZEMAR** energia, temporitzadors i botons per **ALLIBERAR-LA**, i engranatges per transmetre **MOVIMENT** a les seves parts.

Mecanisme màgic

El Turc era un autòmat fabricat cap al 1770 que jugava als escacs de manera automàtica i que guanyava moltes partides contra els millors jugadors d'Europa i Amèrica. En realitat era un truc, amb un mestre d'escacs amagat dins seu que movia el mecanisme. Els engranatges que transmetien el moviment feien que l'autòmat de mida humana vestit amb roba tradicional turca, mogués les peces d'escacs.

Energia tèrmica

TREBALLAR EN UNA FARGA

Quan el sol surt cada matí, l'entorn s'escalfa i el nostre cos sent aquests canvis de temperatura. Quan tenim calor, suem per refredar el nostre cos. Quan l'aire és fred al nostre voltant, els nostres músculs tremolen per escalfar-nos. Això que experimentem com a fred i calor només és una altra forma d'energia coneguda com a energia **tèrmica**.

Un ferrer fa servir carbó per escalfar els metalls fins que estan prou tous per forjar-los. El carbó prové de plantes que van existir fa milions d'anys i que van emmagatzemar energia del Sol. Quan es crema allibera aquesta energia. La calor intensa es transfereix al metall, amb la qual cosa el ferrer el pot forjar i modelar en eines i maquinària.

QUÈ PASSA QUAN UNA COSA S'ESCALFA?

Tot, fins i tot tu, està format per partícules minúscules anomenades **molècules**. Aquestes, al seu torn, estan formades per **àtoms**, compostos d'**electrons**, **protons** i **neutrons**. Aquestes partícules estan contínuament en **moviment**.

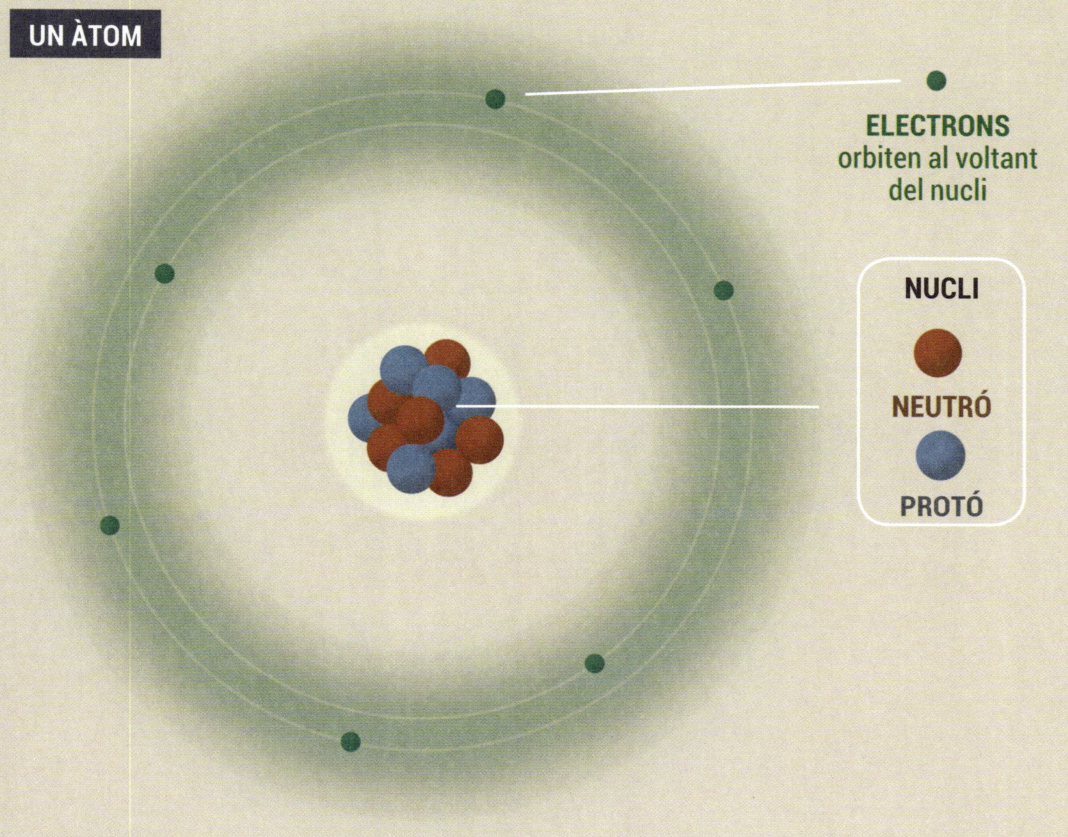

Encara que sembli que un objecte està completament immòbil, les partícules es mouen constantment. No podem veure el moviment, ni tan sols amb un microscopi, perquè són diminutes, però podem sentir els seus efectes quan toquem l'objecte.

Diem que un objecte està CALENT quan les seves partícules es mouen més ràpidament que les nostres, xoquen amb elles i els hi DONEN energia extra.

Notem que un objecte està FRED quan les seves partícules TREUEN energia a les nostres quan xoquen.

Una altra forma d'experimentar calor és quan es produeix un CANVI D'ESTAT, per exemple quan el gel es desfà i es converteix en aigua i després en vapor quan s'escalfa.

Tant en la seva forma de gel, líquid o vapor, l'aigua segueix tenint les mateixes molècules. Quan les molècules es mouen a poc a poc, s'uneixen i formen un SÒLID (gel). Quan s'escalfen, les unions es debiliten i el gel es converteix en LÍQUID. Com més calor s'aplica, les molècules vibren cada vegada més ràpid fins que formen vapor (un GAS).

VAPOR

Des de l'antiguitat se sap que el vapor es pot utilitzar per generar **moviment**. Al segle I de la nostra era, Heró d'Alexandria va inventar un aparell amb un recipient esfèric que s'omplia d'aigua i s'escalfava fins que sortia expulsat el vapor per uns tubs corbats en direccions oposades amb tal força que feia girar el mecanisme. Però Heró no va trobar cap utilitat per al seu invent.

Màquina de vapor de Watt

Com funciona una màquina de vapor

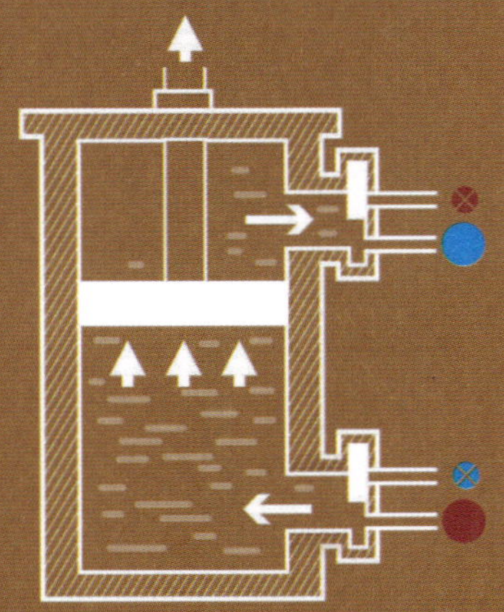

El vapor d'una **CALDERA** es desplaça cap al fons d'un cilindre i impulsa cap amunt un **PISTÓ**. El vapor és enviat cap a la part superior del cilindre, empeny el pistó cap avall de nou i impulsa la màquina. El vapor restant va a un condensador on es refreda i es converteix en aigua que després torna a la caldera.

Basada en un invent de 1712 de Thomas Newcomen, **James Watt** va desenvolupar el 1778 una màquina capaç de convertir l'energia del vapor en un moviment continu amb una finalitat pràctica. Les primeres màquines de vapor es van fer servir per bombar aigua de les mines, però aviat se li van trobar molts altres usos.

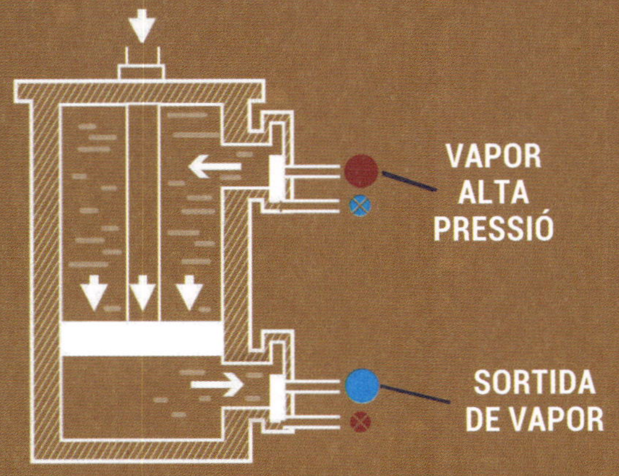

Un pistó és un disc que es mou endavant i endarrere dins d'un cilindre, convertint la pressió del vapor en energia que pot fer girar rodes o fer funcionar màquines.

1) El vapor entra per un extrem del cilindre per una vàlvula que evita els escapaments.

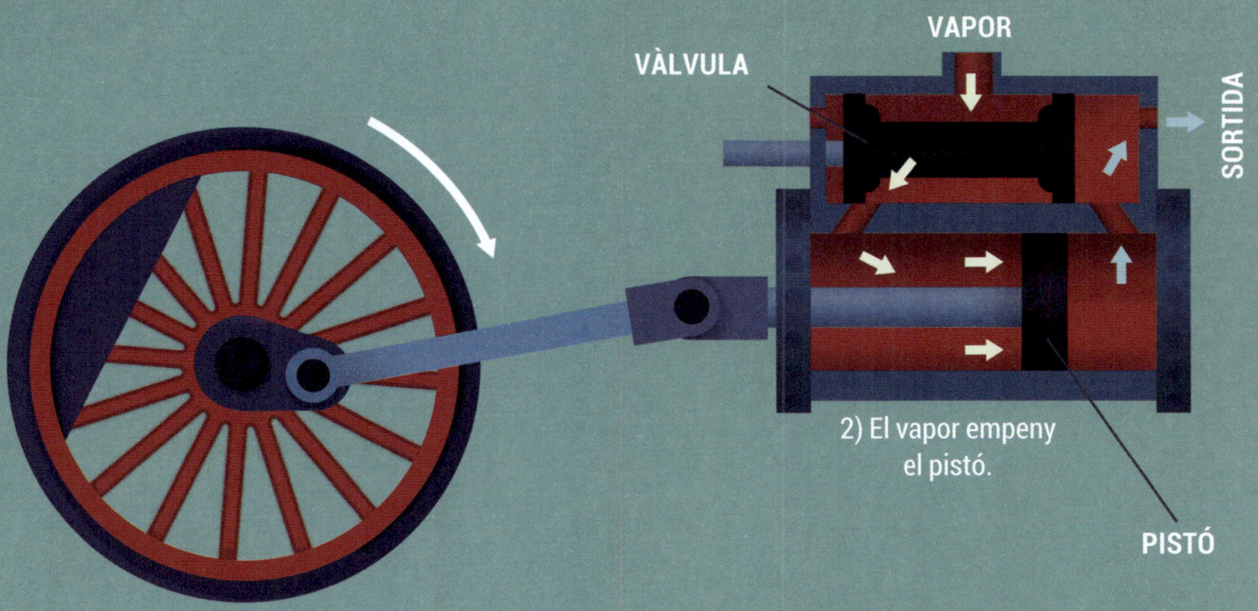

2) El vapor empeny el pistó.

3) El vapor entra a l'altre extrem del cilindre i empeny el pistó cap enrere.

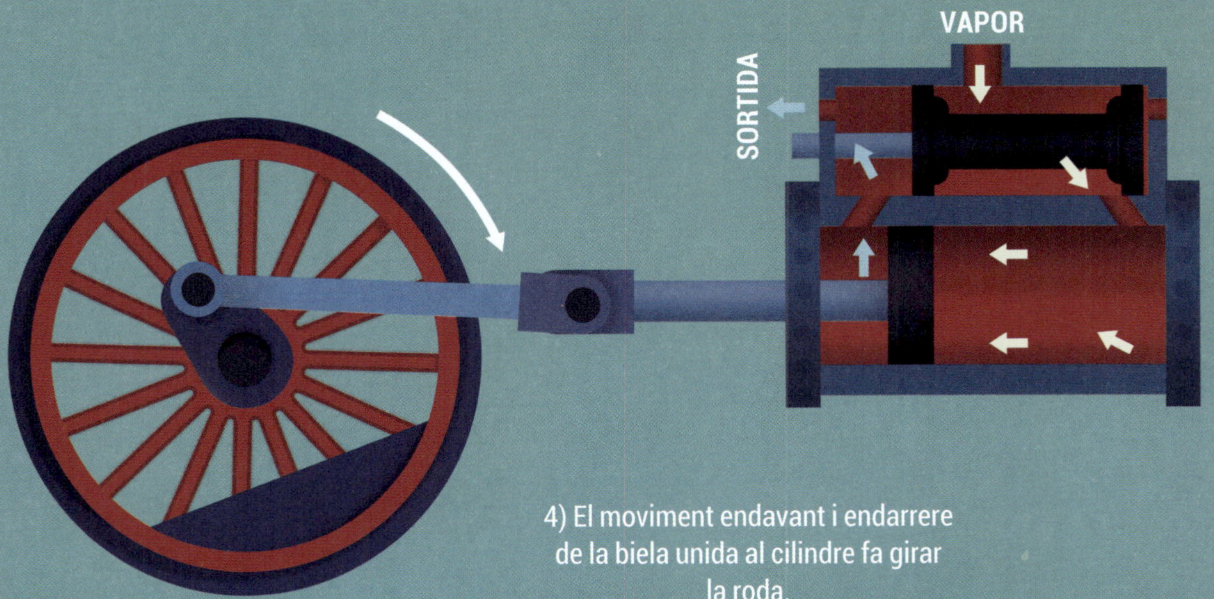

4) El moviment endavant i endarrere de la biela unida al cilindre fa girar la roda.

Mesurar l'energia

Mentre l'energia és la capacitat de realitzar treball, **la freqüència** amb què es fa aquest treball és la **potència**. Per exemple, un cavall fort pot estirar una càrrega amb més rapidesa que un de dèbil, per això un cavall fort és més potent.

James Watt va calcular la potència de la seva màquina de vapor estudiant quants cavalls serien necessaris per estirar la mateixa càrrega la mateixa distància en el mateix temps. Va calcular la potència en unitats anomenades CAVALLS DE POTÈNCIA. Actualment, també usem una altra unitat anomenada WATT.

AVENÇOS

Durant la REVOLUCIÓ INDUSTRIAL, als segles XVIII i XIX, quan la producció va passar de les llars a les fàbriques, els enginyers van descobrir com produir i utilitzar l'energia amb més eficiència i potència.

VAPOR EN MOVIMENT

Amb les millores de la tecnologia, les màquines de vapor es van anar fent més petites i més lleugeres. Això va permetre que s'utilitzessin per impulsar vehicles més petits que les grans locomotores, com els cotxes i els vaixells.

Les màquines de vapor es van generalitzar i van facilitar la fabricació de productes com, per exemple, els teixits. La VELOCITAT EN ELS DESPLAÇAMENTS va augmentar dràsticament i de cop es van poder recórrer grans distàncies amb més rapidesa que mai. Molta gent es va establir en zones que fins llavors eren remotes, ara ja connectades per sistemes de transports com el ferrocarril.

CONTAMINACIÓ

El **CARBÓ** era el combustible que impulsava els motors de vapor. Va ser necessària l'extracció massiva de carbó per a la producció d'acer i de ferro que exigia al desenvolupament industrial. Igual que la fusta, el carbó cremat allibera l'energia que conté, però també emet **DIÒXID DE CARBONI** a l'aire (un factor important del **CANVI CLIMÀTIC**), juntament amb altres contaminants perjudicials per als éssers vius.

Transformació i transferència d'energia

L'energia no es crea ni es destrueix, i la quantitat total d'energia de l'univers no canvia. Gran part de la nostra tecnologia està dedicada a la **transformació d'energia** d'un tipus a un altre o a **transferir-la** d'un lloc a l'altre.

Tota l'energia es TRANSFEREIX d'una banda o un objecte a un altre o es TRANSFORMA en un altre tipus d'energia.

Mentre pedaleja, aquest home està menjant un entrepà de verdures que han crescut **ABSORBINT ENERGIA** del Sol.

Els nostres cossos **EXTREUEN ENERGIA** dels aliments mitjançant reaccions químiques. L'oxigen de l'aire que respirem trenca els enllaços químics de les molècules dels aliments.

Part de l'energia química dels aliments s'**ALLIBERA** en forma de calor. Aquesta energia ha estat **TRANSFORMADA**.

Una altra part de l'energia dels aliments **IMPULSA** els músculs de l'home, que al seu torn impulsen la seva bicicleta.

L'energia de les cames d'aquest home movent-se amunt i avall es **TRANSFEREIX** als pedals.

A través de la cadena de la bicicleta, l'energia es **TRANSFEREIX** dels pedals a les rodes, i es **TRANSFORMA** en energia cinètica quan l'home es mou.

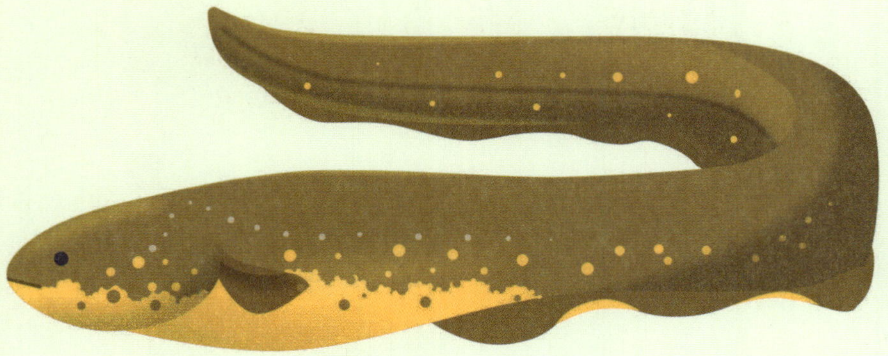

Les anguiles elèctriques i altres animals produeixen electricitat per protegir-se dels depredadors, caçar per a menjar, nedar i comunicar-se. El cos d'una anguila elèctrica té unes cèl·lules que bomben **IONS** carregats d'electricitat a unes línies de fluid que s'activen quan ho requereix.

ELECTRICITAT

Al 624 a. C., Tales de Milet, astrònom grec, va descobrir que quan fregava ambre contra la pell, **atreia** materials com plomes o pèl. El que passava era que la pell atrapava algunes partícules de l'ambre i això feia que tant aquest com la pell es carreguessin elèctricament, però amb càrregues oposades. Les càrregues oposades **s'atrauen**, mentre que les càrregues iguals es **repel·leixen**.

El llamp és una descàrrega sobtada d'electricitat des del cel, des d'un núvol a un altre o a terra. El 1752, **BENJAMIN FRANKLIN**, polític i científic nord-americà, ho va demostrar fent volar un estel amb una clau lligada a un cordill. Quan va sentir una rampa de la clau en els seus artells va saber que el raig era una forma d'electricitat.

Franklin va inventar el **PARALLAMPS** per evitar que els edificis alts patissin danys durant les tempestes.
El parallamps atrau els llamps, i dirigeix la descàrrega a terra per no causar danys a l'edifici.

Què és l'electricitat?

Quan diem que un material és elèctric, significa que té càrrega elèctrica. Quan es frega l'ambre, es desprenen unes partícules minúscules anomenades **electrons**. Això proporciona a l'ambre una **càrrega elèctrica estàtica**, que hi queda atrapada fins que pot saltar a alguna cosa amb la càrrega oposada.

ELS ELECTRONS són les partícules més petites i més lleugeres d'un àtom. Tenen una càrrega NEGATIVA i es mouen a gran velocitat al voltant de l'àtom. En les condicions adequades, fins i tot poden saltar d'àtom en àtom i recórrer distàncies relativament llargues: això és el CORRENT ELÈCTRIC.

Al centre de l'àtom (NUCLI) hi ha partícules més grans i més pesades: ELS NEUTRONS, que no tenen càrrega elèctrica, i els PROTONS, que tenen una càrrega elèctrica POSITIVA.

Un àtom que captura o perd electrons té una càrrega elèctrica i s'anomena IÓ.

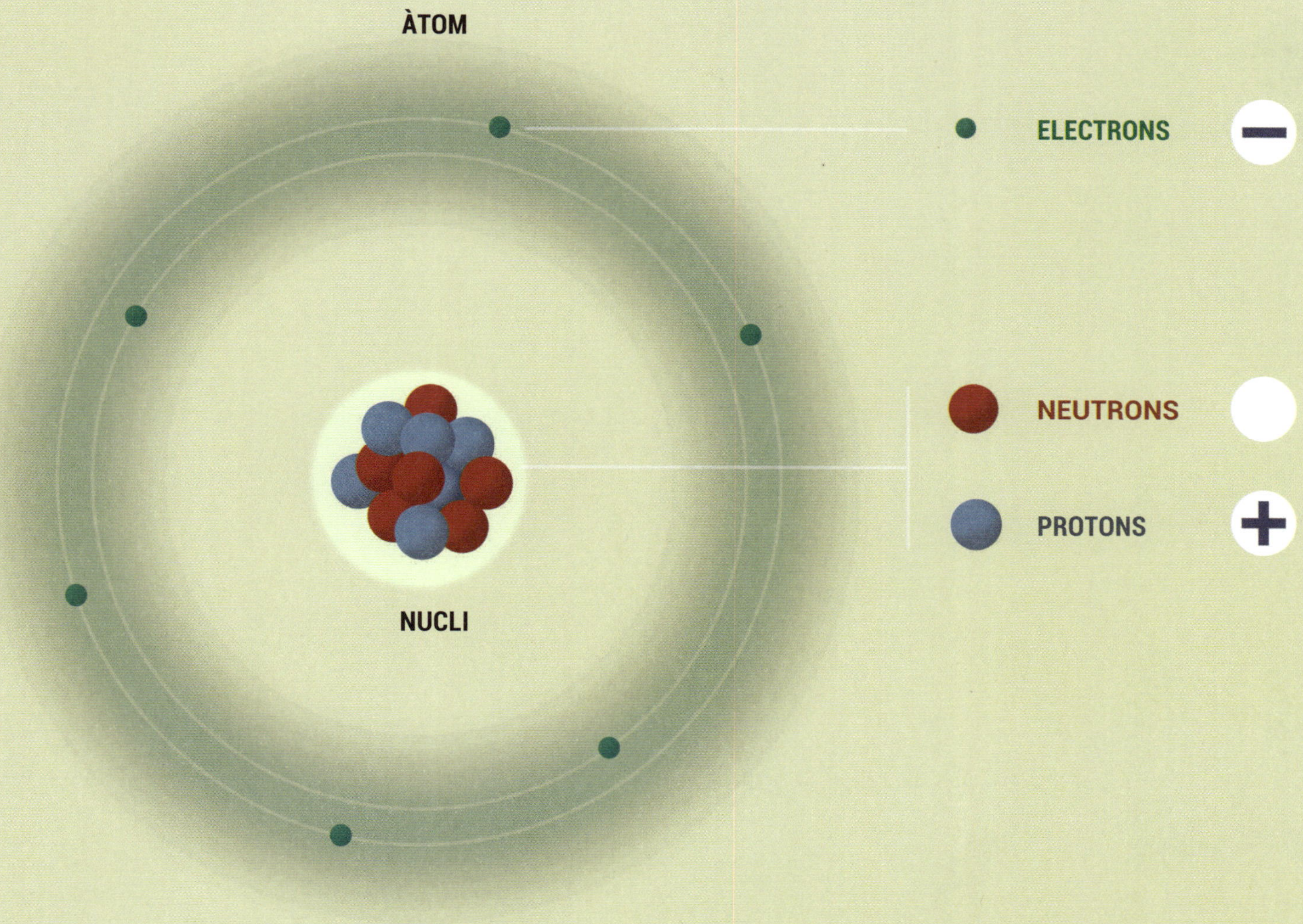

El flux d'electrons d'un àtom a un altre àtom és un corrent elèctric.

Les piles

Hi ha piles arreu: ens permeten emmagatzemar **energia química**, que produeix corrent elèctric quan el necessitem.

Per fer una pila, calen dos components químics que reaccionin entre ells. S'introdueix entre ells un líquid especial anomenat **ELECTRÒLIT**. Els químics no poden travessar-lo a menys que es converteixin en **IONS** carregats.

No passa res fins que es connecten ambdós extrems de la pila amb un cable. Els químics intercanvien electrons a través d'aquest. Això els converteix en ions carregats que creuen l'electròlit, es troben i reaccionen. Alhora, els electrons viatgen pel cable des de l'extrem **NEGATIU (–)** de la pila al **POSITIU (+)**. Ja tenim un circuit elèctric amb corrent fluint-hi.

La pila de Volta

El 1799 **ALESSANDRO VOLTA** va crear la primera pila apilant capes de coure i zinc en un líquid que contenia ions (electròlit). Quan va connectar un cable als dos extrems de la pila fora del líquid, va fluir un **CORRENT** d'electrons per aquest cable.

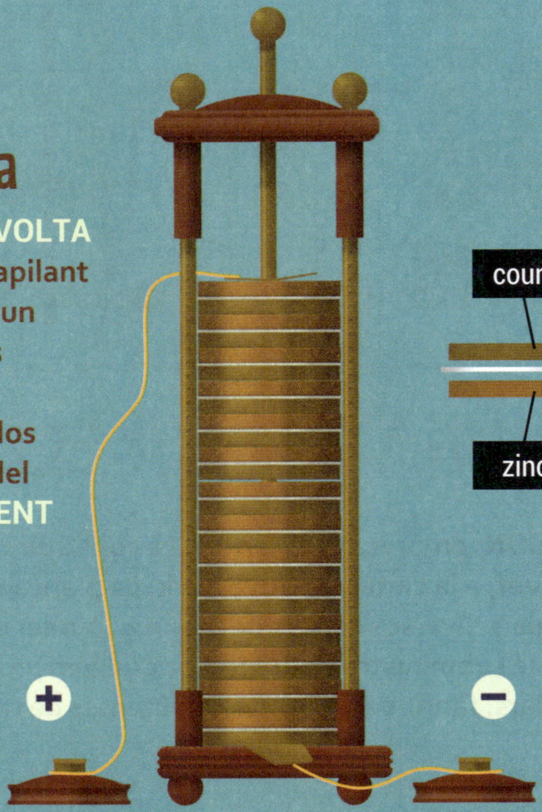

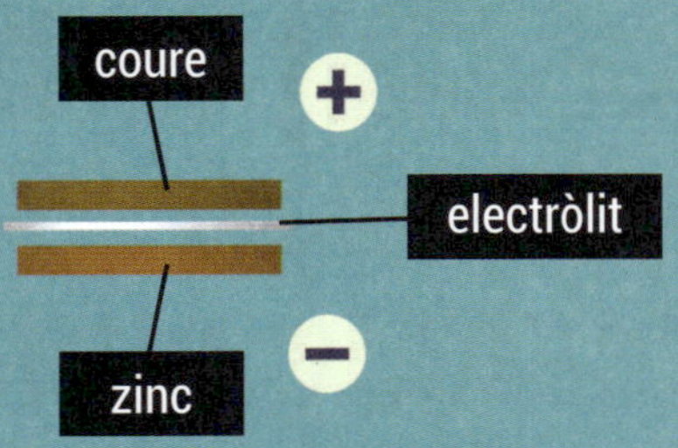

Les piles modernes estan basades en el mateix disseny bàsic que va desenvolupar Volta, però el líquid electròlit se substitueix per una pasta, cosa que les fa més portàtils i potents. Quan el material d'un extrem de la pila es consumeix, la pila s'esgota.

Algunes piles es poden usar només una vegada, però altres, com les bateries dels telèfons mòbils, es poden carregar de nou forçant el corrent elèctric en sentit invers.

Napoleó Bonaparte va demanar a Volta que demostrés el seu invent a París el 1801. Per honrar el seu descobriment, Napoleó va nomenar comte i senador a Volta.

CREACIÓ D'UNA XARXA ELÈCTRICA

El 1882, THOMAS EDISON, empresari i inventor, va construir una PLANTA D'ENERGIA ELÈCTRICA a Pearl Street, a la ciutat de Nova York. La planta usava una màquina de vapor per proporcionar energia a diversos carrers de la ciutat. Va ser el primer pas cap a l'enorme SISTEMA de XARXES de subministrament elèctric que han proporcionat energia els passats 150 anys a les nostres llars, fàbriques, hospitals i sistemes de transport.

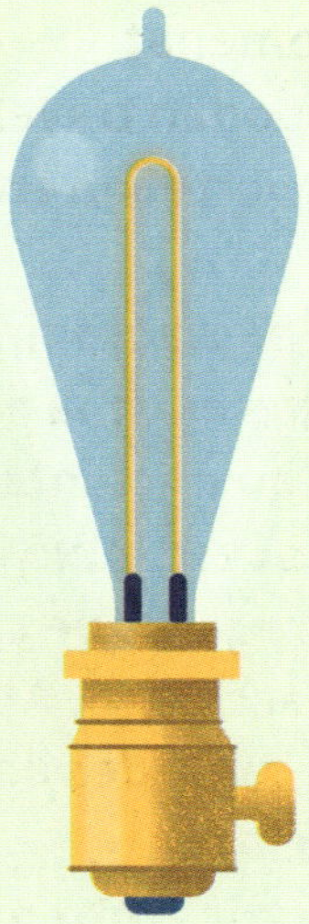

BOMBETES ELÈCTRIQUES
Aquestes van ser les que es van usar primer per il·luminar una casa al Regne Unit el 1878.

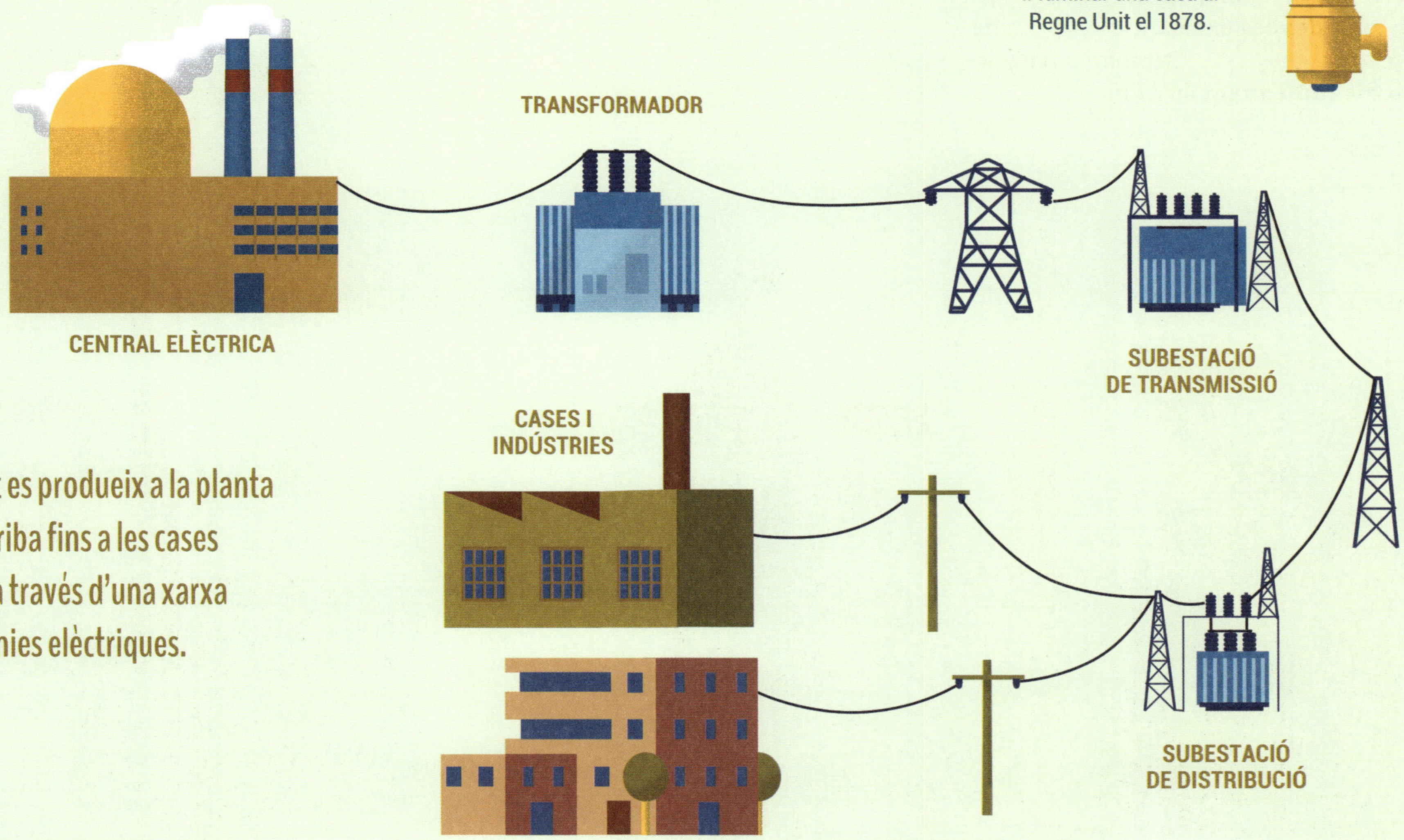

L'electricitat es produeix a la planta elèctrica i arriba fins a les cases i indústries a través d'una xarxa de cables i línies elèctriques.

Electromagnetisme

Fa milers d'anys, els antics grecs van descobrir a l'illa de **MAGNÈSIA** unes pedres que atreien objectes metàl·lics: les van anomenar **IMANTS**.

Els xinesos també van descobrir que els metalls que entraven en contacte amb els imants es comportaven com imants, fins i tot si ho feien breument.

Al segle XIX, **JAMES CLERK MAXWELL** va descobrir que els **CORRENTS ELÈCTRICS** també tenien propietats magnètiques. Això significa que el moviment d'un imant altera un corrent elèctric fent que canviï de direcció.

Això va demostrar que l'**ELECTRICITAT** i el **MAGNETISME** estaven relacionats i quan es van estudiar conjuntament es van portar a terme molts altres descobriments científics.

Maxwell també es va adonar que la **LLUM** era un fenomen electromagnètic i va predir el descobriment de les **ONES DE RÀDIO**.

Motors elèctrics

Variar el corrent d'un electroimant pot fer que un objecte magnètic proper es mogui. Per exemple, pot fer girar una roda. Aquest és el principi del **motor elèctric** o d'**inducció.**

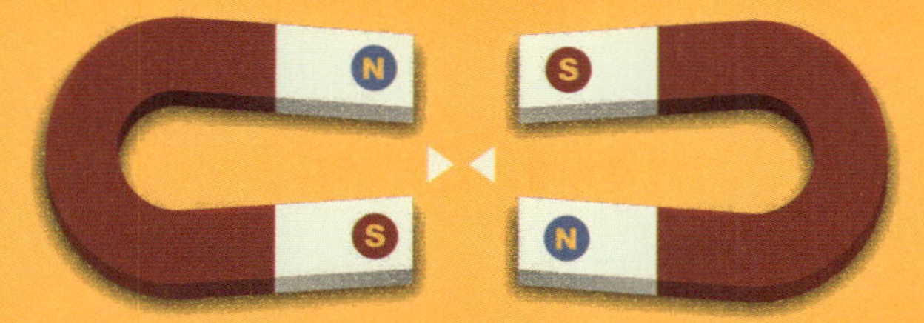

Els pols oposats s'atrauen.

Els pols iguals es repel·leixen.

ELECTROIMANTS

Els imants poden **REPEL·LIR-SE** (allunyar-se) o **ATRAURE'S**, depenent de quin dels seus dos extrems (o **POLS**) tinguin davant. Si es mou un imant molt a prop d'un altre, l'altre imant es mourà.

Maxwell va demostrar que podem reemplaçar un dels imants amb **CORRENT ELÈCTRIC**: el va anomenar **ELECTROIMANT**. En comptes de treure i posar un electroimant, senzillament podem connectar i desconnectar el corrent o canviar la seva intensitat amb el temps.

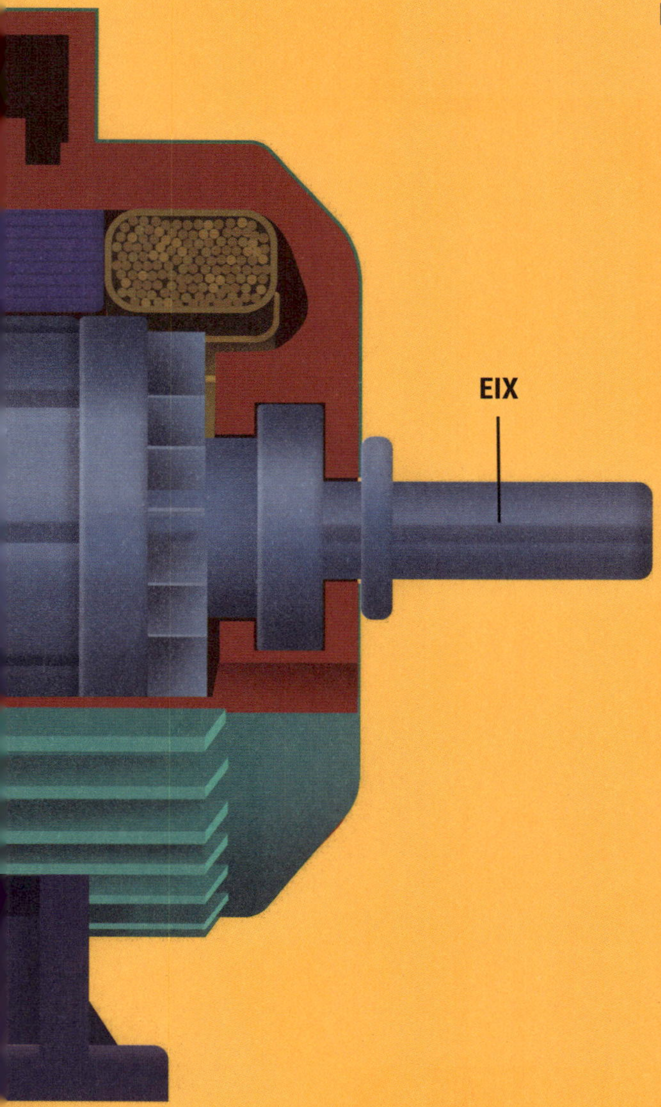

Si es passa electricitat per un cable, es crea un camp magnètic al voltant del cable.

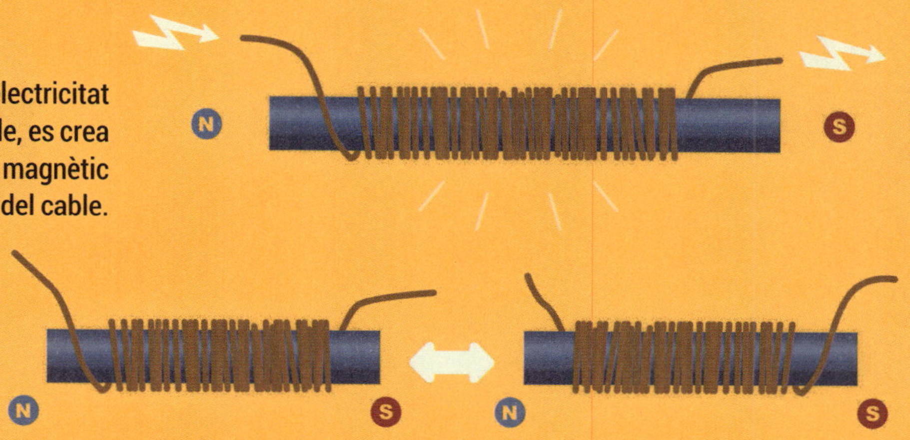

Enrotllar un cable al voltant d'una barreta de ferro crea un camp magnètic més fort.

La barreta tindrà pols magnètics nord i sud.

Efecte de repulsió

Els pols **OPOSATS** s'**ATRAUEN** i els pols iguals es **REPEL·LEIXEN**. Quan envoltem la barreta amb altres imants, la barreta **ROTARÀ** per les forces d'atracció i repulsió creades. Si canviem contínuament la direcció del corrent, podrem generar una rotació contínua.

Producció d'electricitat

CENTRAL NUCLEAR

GENERADORS EÒLICS

CENTRAL TÈRMICA

La quantitat d'electricitat que usem ha augmentat dràsticament des de l'època d'Edison. La forma de produir energia també ha canviat i ens ha permès proporcionar cada vegada més energia a les demandes de la societat. Des de les centrals elèctriques de carbó a les preses i les centrals nuclears, l'electricitat normalment es produeix mitjançant una **turbina** que converteix el moviment mecànic (com el del vent, l'aigua o el vapor) en electricitat.

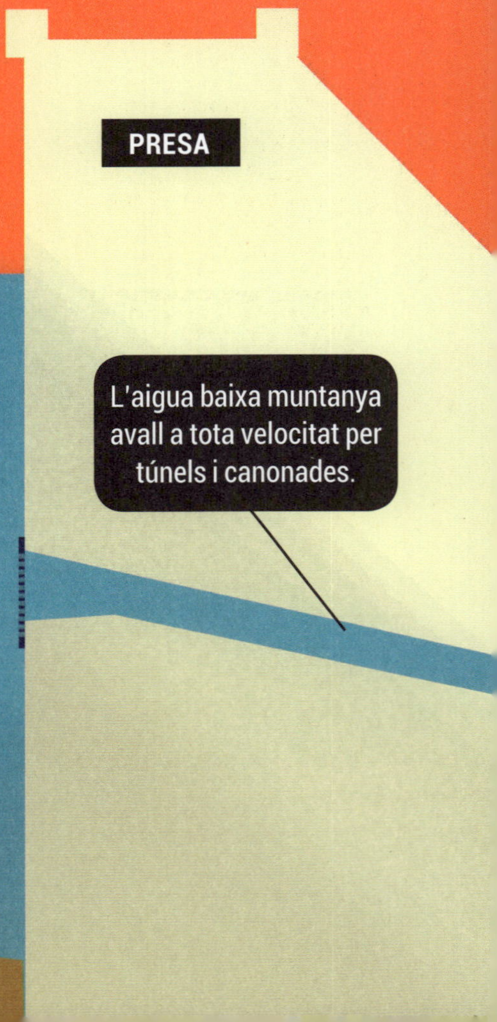

HIDROELECTRICITAT

La **PRESA DE LES TRES GORGES** a la Xina és la planta de producció d'energia més gran del món i la **PRESA ITAIPÚ**, a la frontera entre el Brasil i el Paraguai la segueix de prop en segon lloc. La Presa Itaipú proporciona molta més electricitat de la que el Paraguai necessita i una cinquena part de la que utilitza el Brasil. Les preses inunden els terrenys, perjudiquen els ecosistemes i obliguen la gent a abandonar les seves llars, però un cop construïdes emeten molt pocs gasos amb efecte d'hivernacle.

Per convertir el moviment en electricitat, les plantes elèctriques usen **TURBINES** i **GENERADORS**. Depenent d'allò que mou la turbina (aigua, vapor o vent, per exemple) les centrals elèctriques usen diferents tipus de turbines i generadors.

Un **GENERADOR** és una màquina que converteix l'energia mecànica (el moviment d'objectes) en energia elèctrica (el moviment d'electrons). Un generador és essencialment un motor elèctric en sentit invers: quan es col·loca un conductor en un camp magnètic canviant, els electrons del conductor es mouen, generant un corrent elèctric.

Semblant a una sínia o a un molí de vent, una **TURBINA** és una màquina col·locada al flux d'aire, aigua o vapor, que fa que giri. El moviment circular de la turbina proporciona energia mecànica, que el generador converteix en energia elèctrica.

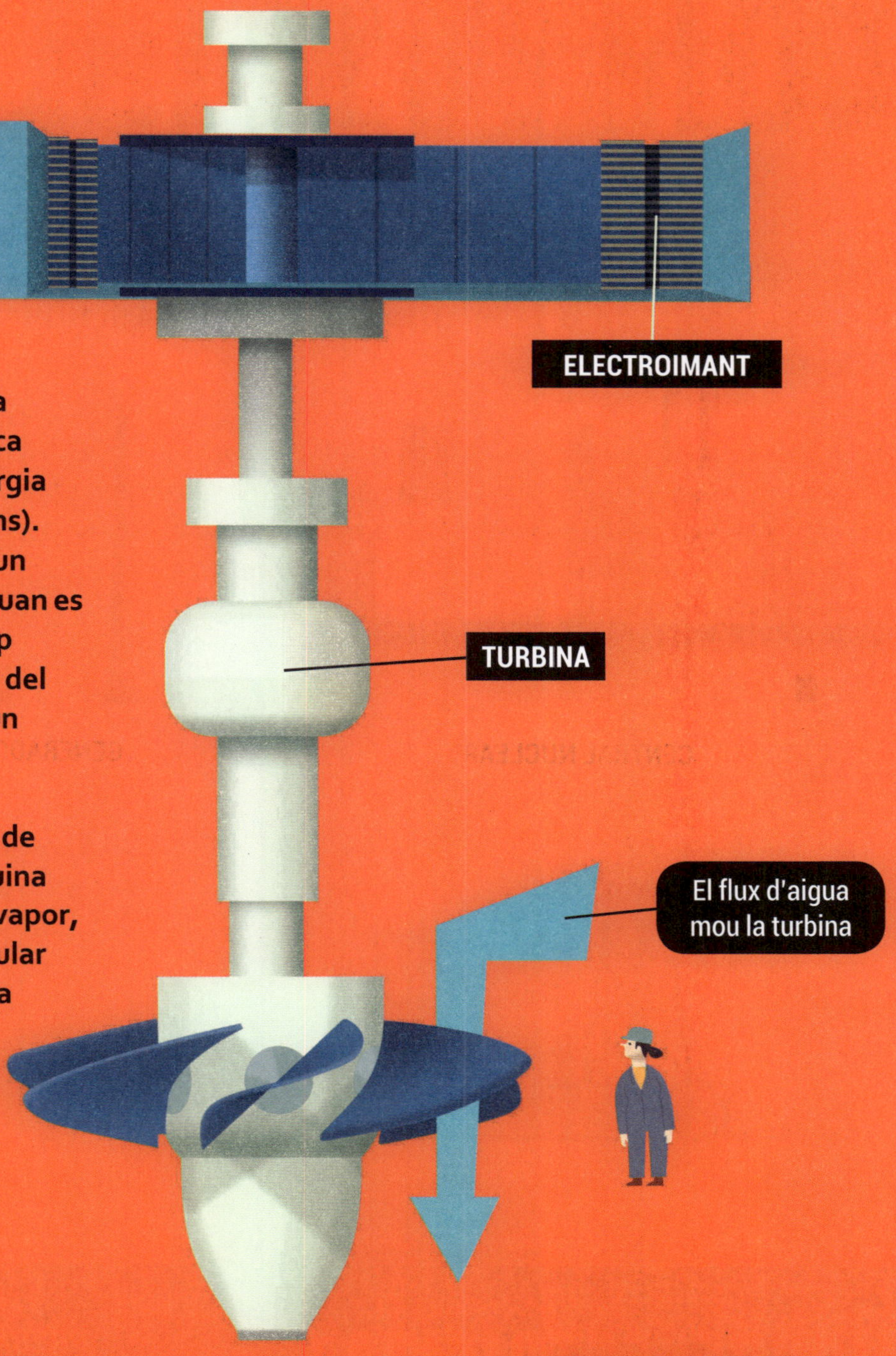

COMBUSTIBLES FÒSSILS

El **petroli**, **gas natural** i **carbó** es coneixen com a **combustibles fòssils**. Es diuen així perquè estan formats per restes fossilitzades de plantes i animals morts, que han passat milions d'anys enterrats sotmesos a una gran pressió sota les roques i el terra.

Ha de passar una quantitat de temps increïble des que una planta creix fins que les seves restes puguin ser desenterrades per ser usades com a combustible. Actualment, s'estan esgotant aquests combustibles fòssils amb massa rapidesa i aquests dipòsits subterranis no tenen temps de tornar-se a omplir de forma natural. Per aquesta raó, els combustibles fòssils es denominen NO RENOVABLES.

Al ritme que utilitzem els combustibles fòssils, només en queden suficients per a unes dècades.

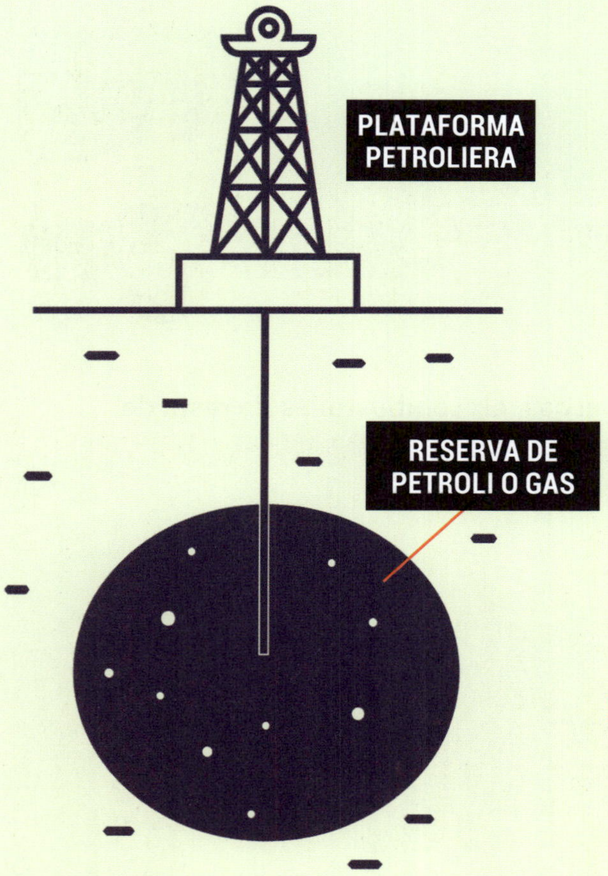

Com més escassos són el petroli i el gas, més difícil i més car és extreure'ls.

Molts de jaciments petrolífers estan situats sota les profunditats del fons marí. Extraure'n petroli i gas és difícil i requereix ancorar plataformes al fons marí. Són unes estructures molt grans, cares i tècnicament avançades.

Un cop extrets, el gas i el petroli s'han de **TRANSPORTAR** i processar. Es transporten mitjançant llargs oleoductes o per mar en enormes vaixells cisterna.

El petroli extret, anomenat cru, es neteja a les **REFINERIES** i es **PROCESSA** en diferents combustibles de petroli (gas butà, dièsel i querosè, per exemple). També es fa servir per fer una gran varietat de materials com asfalt, plàstics i teixits sintètics.

Quan ja estan processats, el gas, els combustibles i la resta de materials són transportats a **EMPRESES COMERCIALITZADORES** que els vendran als **CONSUMIDORS**.

Els combustibles fòssils són la font principal de diòxid de carboni que contribueix al canvi climàtic. El seu ús massiu provoca contaminació que perjudica el medi ambient.

Motors de combustió

Els motors de combustió s'han usat per impulsar tota mena de vehicles, des dels primers cotxes als avions supersònics. Mentre els motors de vapor utilitzen el vapor d'aigua per empènyer pistons, un motor de combustió es basa a **cremar petroli** barrejat amb **aire comprimit.**

Motor de quatre temps

1) Una guspira encén una barreja de combustible i aire, creant un gas calent que empeny el pistó cap avall. Això genera energia a la màquina i fa que el pistó es mogui durant els tres temps següents.

2) El pistó es mou cap amunt expulsant els gasos cremats.

3) El pistó baixa abocant una barreja d'aire-combustible al cilindre per preparar el cicle següent.

4) El pistó puja comprimint la barreja a temps per a la guspira següent (que és el primer temps del cicle següent).

Hi ha milions de vehicles amb motors de combustió a tot el món que afecten la nostra forma de vida.

Motors de reacció

La majoria d'avions actuals utilitzen motors de reacció. Tot i que ens permeten volar per l'aire, el concepte de motor de reacció, en certa manera, és més senzill que un motor de combustió.

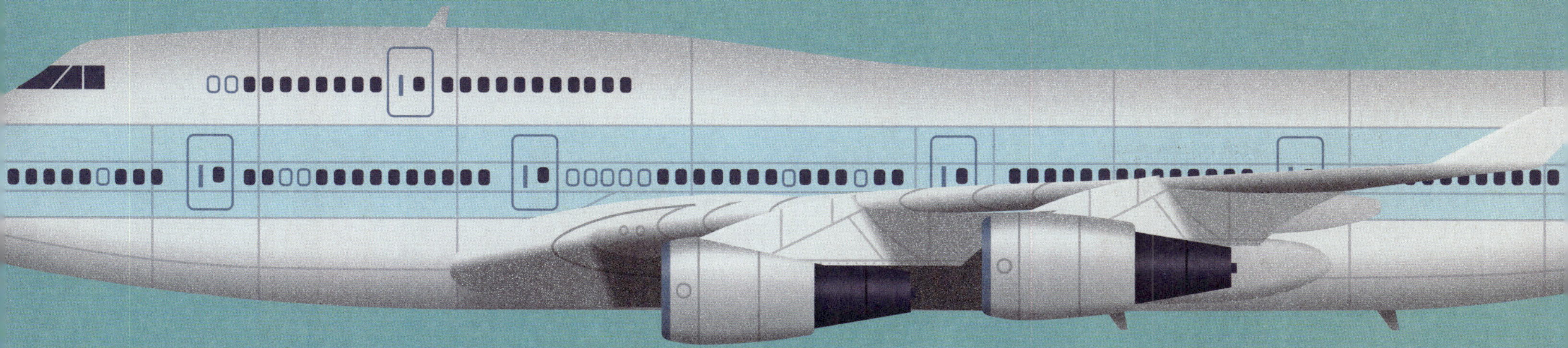

Atès que un avió vola per l'aire, no necessita que el motor de reacció transmeti moviment a les rodes. Els gasos expandits senzillament són expulsats del motor per darrere i impulsen tota la nau endavant. Això significa que no cal pistó i que es pot injectar contínuament combustible i aire en comptes d'esperar el moment adequat del cicle.

Per la mateixa raó, la compressió de l'aire també és continua i succeeix mentre la nau vola per l'aire. L'aire entra al motor, desprès és canalitzat i comprimit per la rotació d'unes aspes de ventilador per la part de l'entrada del motor. Una turbina al flux de gasos calents a l'extrem del tub d'escapament del motor impulsa aquestes aspes.

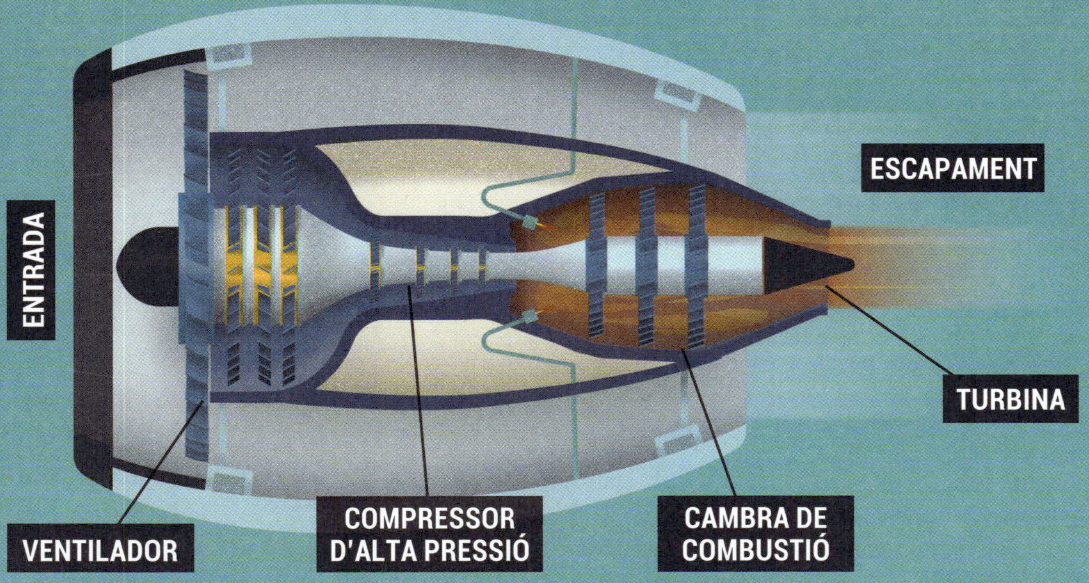

L'avió més ràpid

Actualment, el North American X-15 ostenta el rècord mundial de velocitat en una aeronau tripulada: 7000 kilòmetres per hora. Per assolir aquestes velocitats, compta amb coets en comptes de motors de reacció. Aquest tipus de motor s'instal·la principalment en avions militars.

LA FISSIÓ NUCLEAR

La fissió nuclear és la divisió d'un nucli. Ja sabem que els àtoms tenen un **nucli** (que conté protons i neutrons) i electrons orbitant al seu voltant. Quan hi ha molts neutrons i protons a l'interior d'un nucli, s'anomena **nucli pesant.** La quantitat d'electrons d'un àtom normalment és igual a la quantitat de protons del nucli.

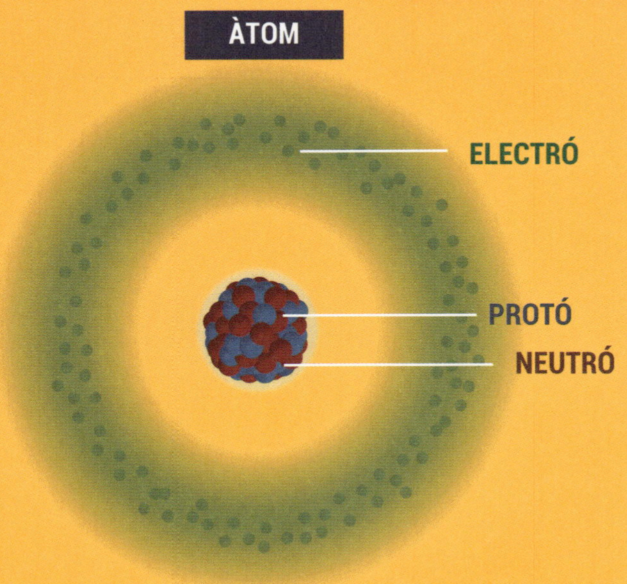

La fissió nuclear es produeix quan un nucli atòmic PESANT es DIVIDEIX en DOS (O MÉS) nuclis MÉS LLEUGERS. Aquest procés allibera una gran quantitat d'energia.

Els nuclis d'alguns elements no són estables. Aquests nuclis són RADIOACTIUS, cosa que significa que emeten energia i partícules. Això s'anomena RADIACIÓ.

En la RADIOACTIVITAT NATURAL, la fissió passa espontàniament. Això significa que en alguns elements de la naturalesa, com el poloni o el radi, els àtoms es poden dividir espontàniament.

En una FISSIÓ INDUÏDA un nucli es bombardeja deliberadament, normalment amb neutrons, perquè es torni inestable i es divideixi alliberant partícules (normalment més neutrons) i un munt d'energia.

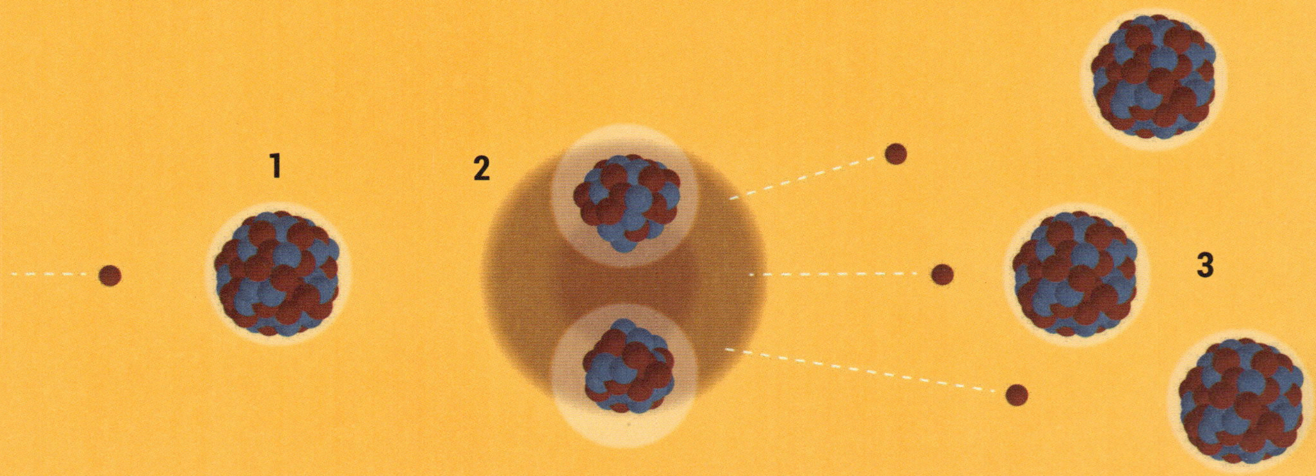

Un exemple de **FISSIÓ INDUÏDA** succeeix quan un neutró xoca amb un nucli d'urani (**1**). El nucli es torna inestable i es divideix, alliberant més neutrons i energia (**2**). Els neutrons alliberats, al seu torn, poden xocar amb altres nuclis d'urani (**3**) generant quantitats immenses d'energia.

Si pesessis totes les partícules amb precisió abans i després de la fissió, descobriries que la massa total –o la quantitat de matèria– després pesa una mica menys. La massa que ha desaparegut s'ha convertit en **ENERGIA**, com va calcular **ALBERT EINSTEIN** en la seva famosa equació $E = mc^2$, on E és l'energia, m és la massa i c és la velocitat de la llum.

Utilitzem **ENERGIA NUCLEAR** de moltes maneres diferents. Les bombes atòmiques estan entre les armes més destructives que s'han inventat i alguns submarins militars estan impulsats per un motor atòmic. Però l'ús principal de l'energia nuclear és la producció d'electricitat a les centrals nuclears.

Una central nuclear

produeix vapor calent que fa rotar una turbina, que alhora genera electricitat. El combustible utilitzat per crear vapor és molt especial. En comptes d'una reacció química (com cremar carbó o gas natural), que canvia la combinació dels àtoms de les molècules, la central nuclear es basa en la fissió, que canvia la combinació de protons i neutrons al nucli d'un àtom.

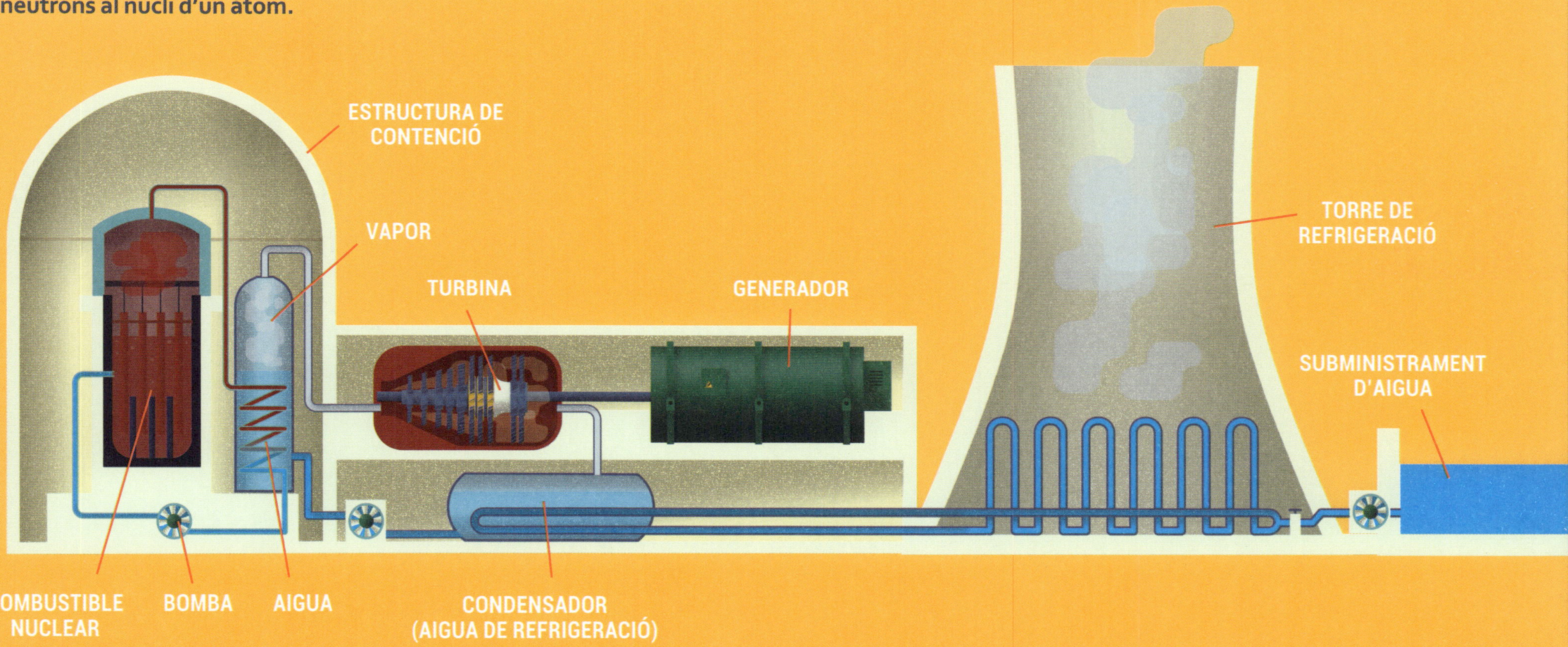

La majoria de centrals nuclears utilitzen nucli d'**URANI** en el procés de fissió. Aquest allibera tanta energia per àtom que calen quantitats d'urani relativament petites i n'hi ha suficient al planeta per als segles venidors.

Mentre els combustibles fòssils emeten gasos amb efecte d'hivernacle, la fissió deixa residus **RADIOACTIUS** que desprenen partícules perilloses i romanen actives durant milers d'anys. Encara no s'ha trobat una solució perfecta per resoldre aquest problema i, mentrestant, els residus nuclears s'emmagatzemen temporalment en dipòsits. Catàstrofes a les centrals nuclears com les de Txernòbil a Ucraïna i Fukushima al Japó també han evidenciat el risc potencial que representa una central nuclear quan hi ha un accident.

Energia neta i verda

Al ritme que cremem carbó, petroli i gas natural, és molt probable que aquests recursos s'esgotin abans de finals d'aquest segle. Però ens enfrontem a un problema molt més gran: és probable que si seguim cremant combustibles fòssils durant les pròximes dècades, això provoqui un canvi climàtic irreversible, que causarà cada vegada més sequeres, tempestes, inundacions, huracans i fam.

Per què seguim utilitzant combustibles fòssils?

Seguim utilitzant combustibles fòssils per costum. Les **INFRAESTRUCTURES** (les explotacions petrolieres, oleoductes, refineries i gasolineres) ja estan instal·lades i és més fàcil usar motors de gasolina en comptes d'invertir en nous equips per canviar a noves tecnologies.

Quines fonts d'energia podem utilitzar per substituir-los?

Caldria combinar una barreja de diverses fonts d'energia, ja que el nostre estil de vida actual necessita una quantitat d'energia increïble. Quan comprem o viatgem utilitzem energia. Fins i tot quan estem asseguts a casa, la tele, calefacció, aire condicionat, neveres i llums utilitzen energia. I tots aquests objectes es fabriquen utilitzant energia i materials.

Com podem canviar el nostre sistema de vida i les fonts d'energia?

Alguns objectes i materials no es poden reutilitzar, per la qual cosa s'han de reciclar. Això estalvia l'energia per tornar-los a fabricar. També evita residus, que no desapareixen i van a parar a abocadors o al mar, on romanen durant centenars d'anys.

Vehicles elèctrics

Els vehicles elèctrics emeten pocs gasos amb efecte d'hivernacle, i l'electricitat que fan servir no es genera en una planta de combustió de carbó, sinó mitjançant fonts **RENOVABLES** netes.

Biodièsel

Actualment es pot fabricar combustible per als nostres vehicles a partir de les **PLANTES**. Però hem de ser molt curosos i no competir amb els cultius necessaris per a l'alimentació.

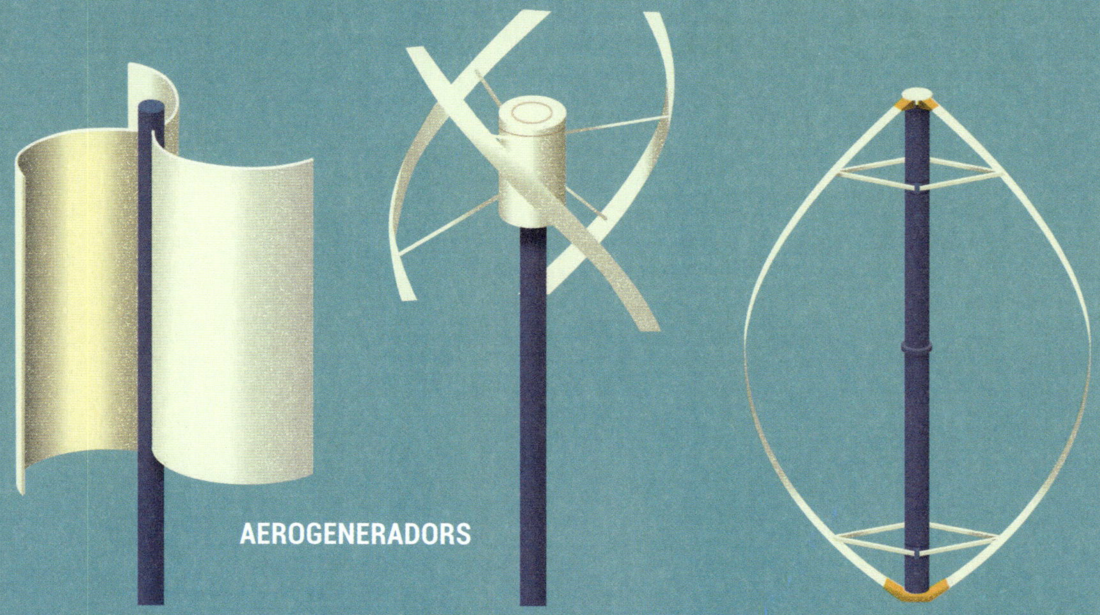

Vent

Hi ha aerogeneradors de moltes mides, formes i mecanismes. Tots ells utilitzen vent per crear un moviment continu i transmetre'l a un generador que produeix electricitat. La potència de l'electricitat que produeixen varia en funció de la velocitat del vent. Els aerogeneradors es poden utilitzar per produir electricitat per a un sol edifici o es poden connectar a una xarxa elèctrica.

També aprofitem les marees i les onades per generar electricitat

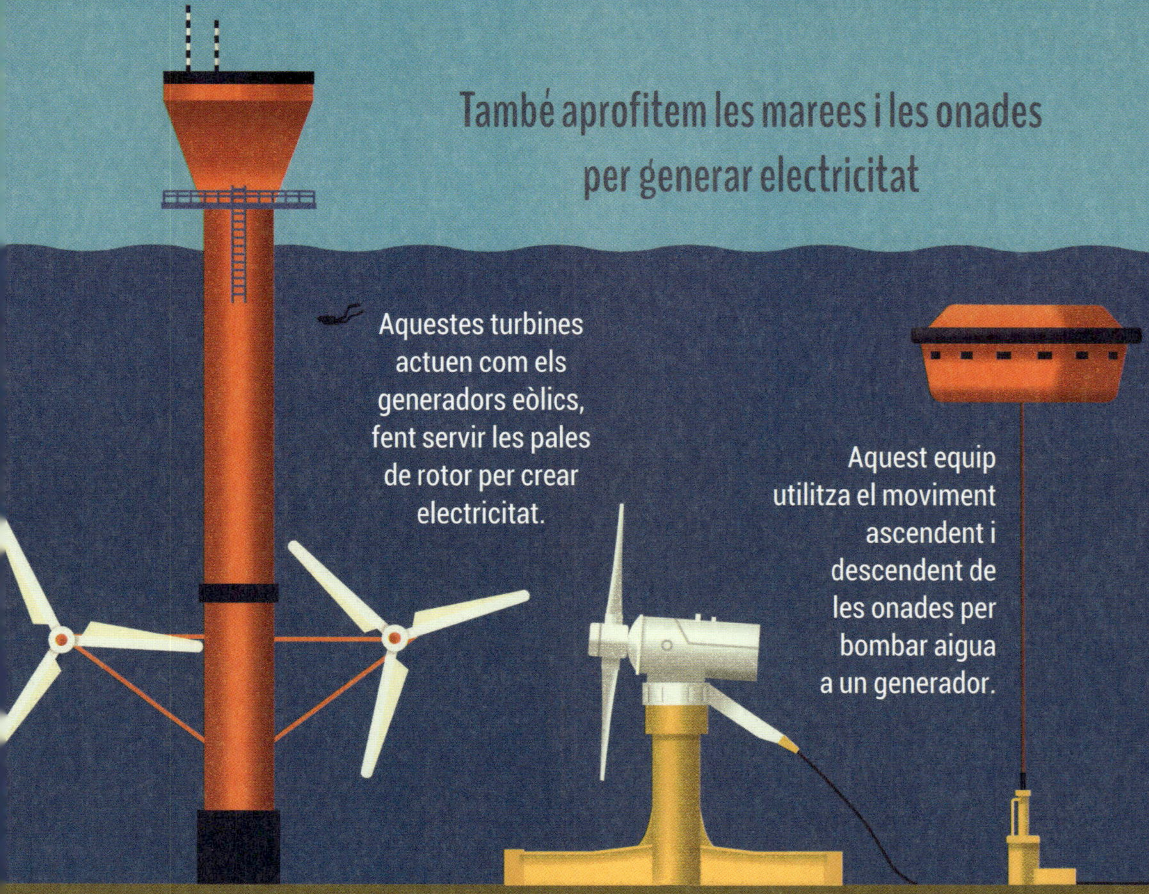

Aquestes turbines actuen com els generadors eòlics, fent servir les pales de rotor per crear electricitat.

Aquest equip utilitza el moviment ascendent i descendent de les onades per bombar aigua a un generador.

Un aerogenerador

Un aerogenerador és com un molí de vent modern. El moviment del vent fa girar dues o tres pales unides a l'eix principal, que fa girar un generador per produir electricitat.

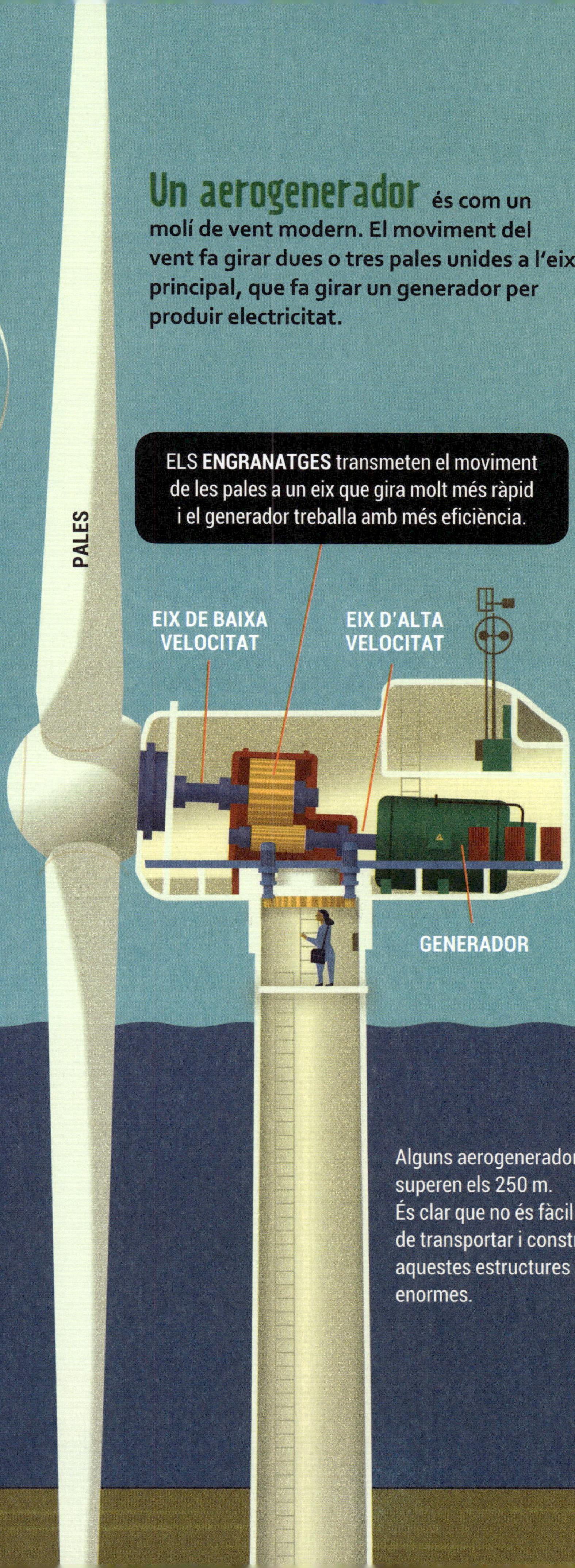

Alguns aerogeneradors superen els 250 m. És clar que no és fàcil de transportar i construir aquestes estructures enormes.

FUSIÓ NUCLEAR

Els nuclis es repel·leixen entre si per les seves càrregues elèctriques. Però subjectes a una pressió enorme, poden col·lidir i **fusionar-se** per formar un nucli més gran, mentre alliberen una quantitat d'energia INGENT. Això és la fusió nuclear.

Una REACCIÓ DE FUSIÓ comuna és quan dos tipus de nuclis d'hidrogen, anomenats deuteri i triti, es fusionen per formar heli i un neutró.

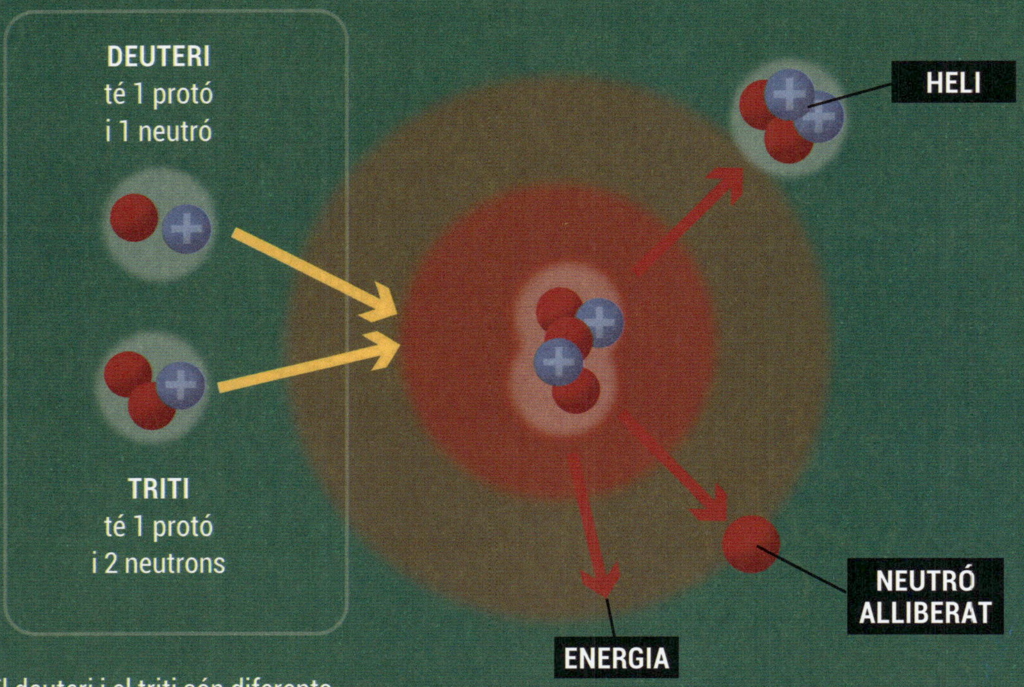

El deuteri i el triti són diferents versions (isòtops) d'hidrogen, que té només 1 protó.

Aquesta reacció de fusió produeix un àtom d'heli, un sol neutró i una quantitat d'energia increïble, ja que la massa dels productes és diferent de la massa del nucli original (recorda la fórmula d'Einstein $E = mc^2$).

La fusió és la font d'energia de les estrelles. El nostre Sol és una gran bola de gasos molt calents (principalment hidrogen i heli).

TOKAMAK

Aquesta màquina està dissenyada per aprofitar l'energia de la fusió.

IMANTS
Uns imants superconductors enormes produiran camps magnètics que crearan i controlaran el plasma evitant que arribi a les parets.

Energia neta

El combustible deuteri està a l'aigua de mar. És econòmic, abundant i n'hi ha a tot el món. La fusió no crea residus radioactius ni gasos amb efecte d'hivernacle.

Energia segura

A diferència de la fissió, que es pot descontrolar, les reaccions de fusió són molt difícils de mantenir el temps suficient per produir calor, i menys perilloses.

Energia infinita

Seria una energia gairebé eterna, ja que tenim combustible suficient al planeta per milions d'anys, tenint en compte el consum d'energia actual.

Per què no la fem servir?

El problema de la fusió és mantenir l'hidrogen a una temperatura prou alta i en un espai tancat perquè la reacció produeixi la calor suficient perquè es mantingui. La temperatura requerida, que arriba als 150 milions de graus Celsius, fondria qualsevol material, per la qual cosa seria necessari de trobar formes de recrear aquests «microsols» a la Terra.

EL PROJECTE ITER

Al sud de França, 35 nacions estan treballant unides per construir el tokamak més gran del món per demostrar que es pot utilitzar la fusió com a font d'energia. Funciona introduint només 2 g d'hidrogen en la cambra de buit i mitjançant un camp magnètic enorme, confinar el plasma perquè no destrueixi les parets del reactor. Quan assoleix la temperatura increïble de 150 milions de graus Celsius, els àtoms comencen a fusionar-se.

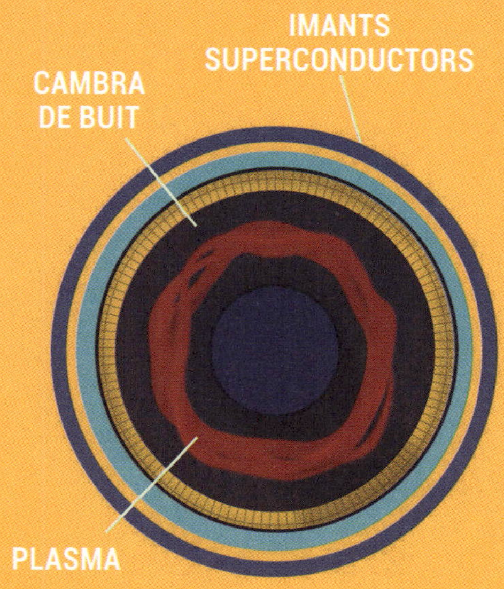

Radiació electromagnètica

La llum visible és només una minúscula part de la gran gamma d'**ones electromagnètiques** o **radiació** que James Clerk Maxwell va identificar quan va vincular l'electricitat amb el magnetisme.

LA RADIACIÓ ELECTROMAGNÈTICA viatja en ONES (igual que les ones que es propaguen en un estany). Aquestes ones tenen diferents longituds (mesurades des d'un punt màxim al següent). Les ones MÉS CURTES oscil·len MÉS RÀPIDAMENT i tenen MÉS ENERGIA, mentre que les ones MÉS LLARGUES oscil·len MÉS A POC A POC i tenen MENYS ENERGIA.

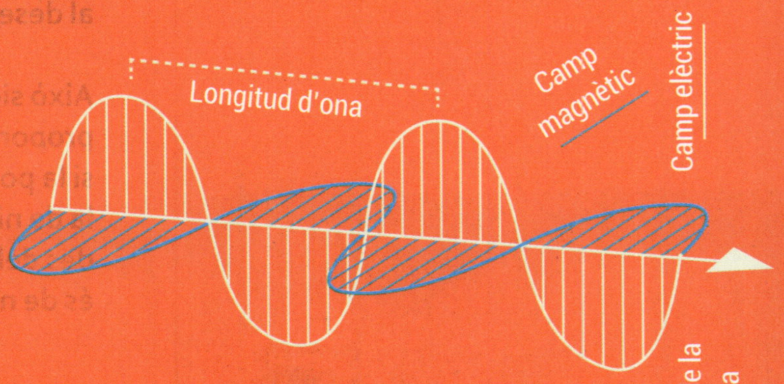

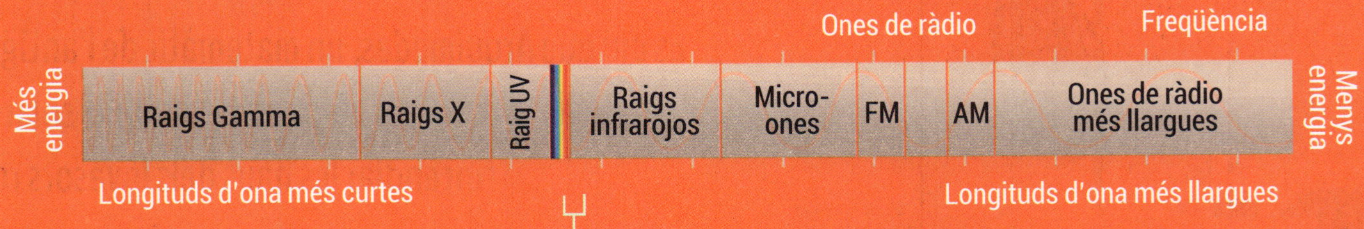

Només veiem les ones dins d'aquest rang. És la LLUM VISIBLE i inclou tots els colors de l'arc de Sant Martí. Hi ha un rang enorme de longituds d'ona més enllà de la llum visible. No les podem veure, però podem construir aparells per produir-les i rebre-les.

Utilitzem la radiació electromagnètica en molts objectes quotidians.

Un forn microones utilitza MICROONES d'uns 10 cm de longitud per escalfar menjar.

Els telèfons mòbils també usen radiació electromagnètica del rang de les MICROONES.

Les ones electromagnètiques MÉS INTENSES com les ULTRAVIOLADES i els RAIGS X s'usen als hospitals.

Els nostres comandaments a distància envien ONES INFRAROGES d'una milionèsima de metre de longitud.

Teles i ràdios reben ONES DE RÀDIO d'un metre de longitud mitjançant antenes o parabòliques.

ENERGIA SOLAR

Cada segon, el Sol envia una quantitat d'energia impressionant. Tots els dispositius del món només requereixen l'energia equivalent a un u per cent dels raigs solars que impacten al desert del Sàhara.

Això significa que, en teoria, el Sol podria proporcionar tota l'energia que necessitem, si la poguéssim **EMMAGATZEMAR** per utilitzar-la de nit o els dies ennuvolats, o **ENVIAR-LA** des del lloc solejat del planeta al lloc on és de nit.

Es diu que Arquimedes, un matemàtic de l'antiga Grècia, va utilitzar miralls corbats per concentrar els raigs solars en un punt únic i incendiar les naus dels invasors romans.

Igual que Arquimedes, podem usar una lupa per concentrar els raigs de Sol i encendre un tros de paper. (Si ho vols provar, demana ajuda a un adult!)

L'energia solar es considera **RENOVABLE** perquè, en termes humans, és inesgotable. Mentre brilli el Sol, enviarà grans quantitats d'energia a la Terra. En disposarem en el futur, tant si hem fet servir més energia o menys en el passat. I ja que el vent es mou gràcies a la calor dels raigs solars, l'energia eòlica també és renovable.

Cada dia podrem utilitzar els raigs solars mentre el Sol tingui prou combustible, que hauria de durar uns cinc mil milions d'anys.

L'energia solar proporciona energia a tots els éssers vius de la Terra i la fem servir per escalfar les nostres cases, però hi ha altres formes de convertir els raigs solars en energia útil.

Escalfador d'aigua solar

En comptes de fer servir electricitat o cremar combustibles fòssils que han emmagatzemat energia solar, podem utilitzar els raigs de Sol directament dissenyant cases més eficients que acumulin la seva calor. També podem utilitzar raigs solars per escalfar l'aigua per a les nostres dutxes.

ENERGIA SOLAR CONCENTRADA

A les PLANTES TERMOSOLARS els miralls corbats concentren els raigs solars en un dipòsit d'aigua. Això crea vapor que fa girar una turbina i genera electricitat.

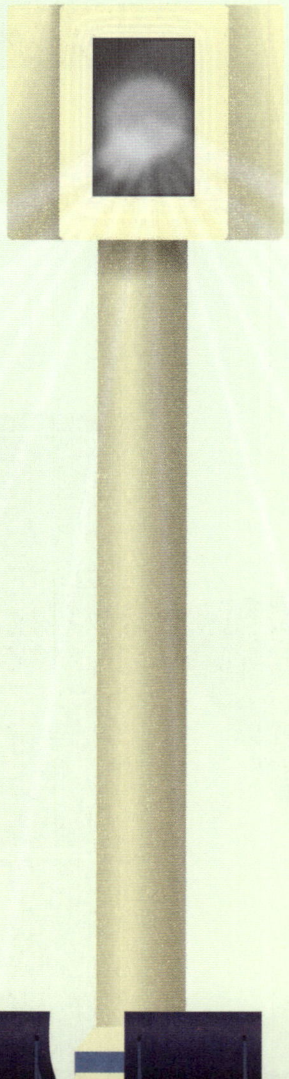

Determinats líquids funcionen millor que l'aigua. Per exemple, productes químics semblants a la sal de taula s'escalfen fins que es desfan. Aquests permeten que la planta retingui la calor fins a molt després de la posta de sol i així EMMAGATZEMAR la seva energia per utilitzar-la durant la nit o els dies ennuvolats.

FOTOVOLTAIQUES

Els satèl·lits utilitzen cèl·lules fotovoltaiques per obtenir energia.

Un **panell solar** està format per dispositius electrònics anomenats **cèl·lules fotovoltaiques.** Les partícules de llum (la llum es pot comportar tant com ones com partícules conegudes com a **fotons**) proporcionen la seva energia directament als electrons de les cèl·lules fotovoltaiques per produir corrent elèctric.

CÈL·LULA FOTOVOLTAICA

Els costos de fabricació dels panells solars han disminuït tant que l'electricitat fotovoltaica sovint costa menys que l'electricitat per carbó. Passa el mateix amb l'electricitat dels aerogeneradors.

Els panells solars es poden instal·lar a les teulades, a les zones remotes no connectades a una xarxa elèctrica i fins i tot construir-les en un equip portàtil. Per produir grans quantitats d'electricitat per a ciutats o fàbriques, es poden instal·lar en fileres a terra o en barcasses flotant en llacs.

Es pot fer que els panells solars girin durant el dia per captar més radiació solar a mesura que el Sol es mogui pel firmament.

PANELL SOLAR

XARXES INTEL·LIGENTS

Perquè el nostre **futur** sigui **sostenible**, hem de canviar no només la manera de produir energia, sinó també com la **fem servir** i **compartim**.

En la forma tradicional de produir energia, les centrals elèctriques de carbó poden regular la producció segons la demanda. Si confiem més en l'energia solar i eòlica, que varia depenent de l'hora del dia i del clima, haurem de construir una xarxa elèctrica més flexible. La producció d'electricitat i distribució serà més local, amb més generadors d'energia, més petits i més intel·ligents, utilitzant *software* per predir la demanda.

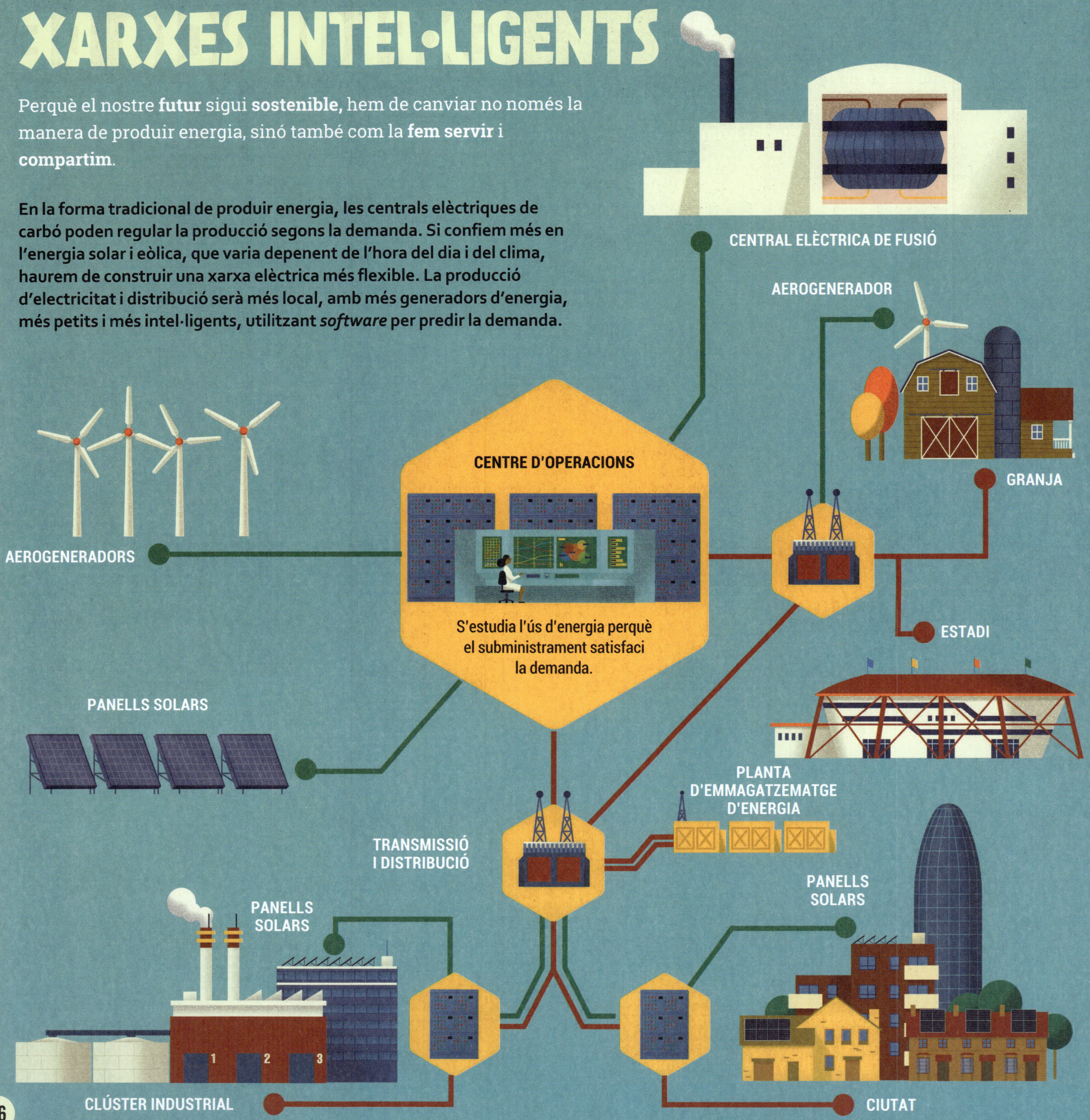

EXPLORACIÓ DE L'ESPAI

Per a viatjar a altres planetes necessitem fonts d'energia que durin molt, i que ens permetin enviar humans a Mart i explorar més enllà del sistema solar.

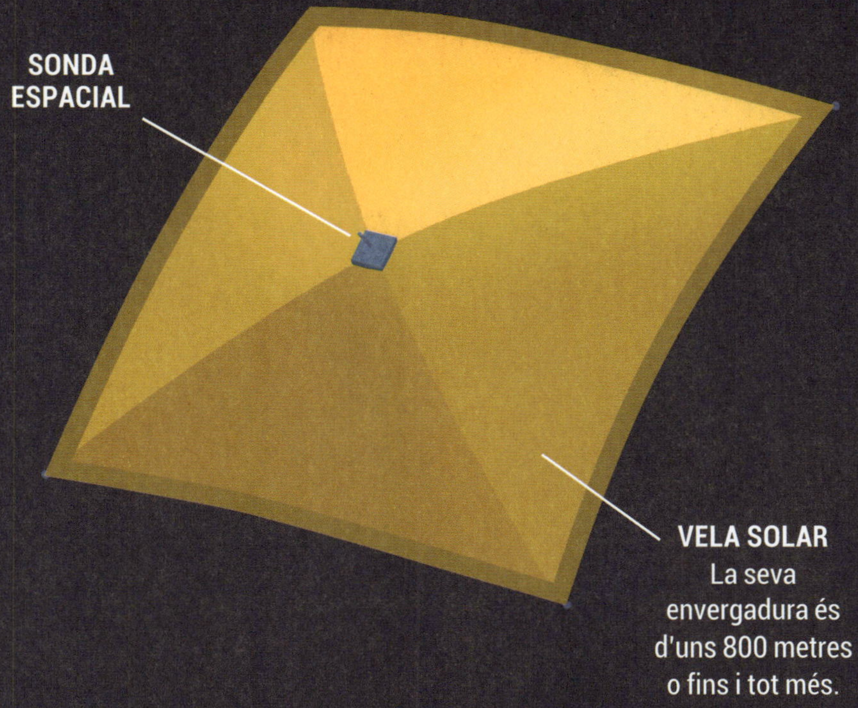

Una vela solar és extremadament lleugera i d'un material reflectant que un satèl·lit pot desplegar de la mateixa manera que un veler desplega una vela.

Les veles fan servir **LLUM SOLAR** en comptes de vent. Les partícules de llum que reboten a la vela la impulsen prou per posar-les en moviment.

Les veles solars permeten enviar sondes espacials per a l'exploració de l'espai exterior.

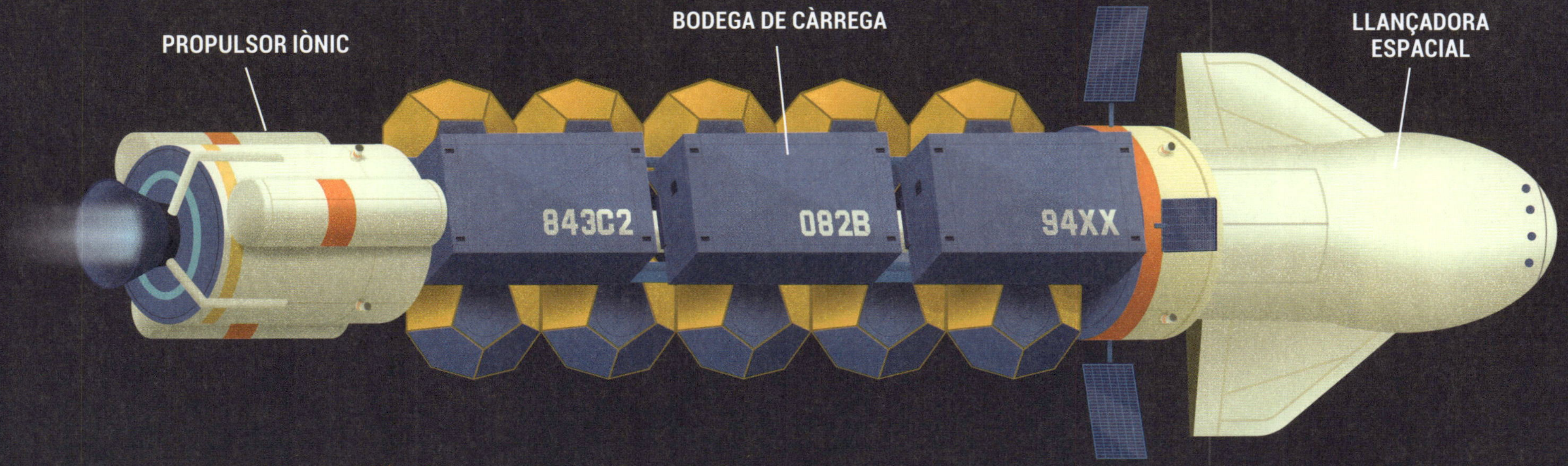

Els **Propulsors iònics** utilitzen un **CAMP ELÈCTRIC** per empènyer partícules carregades elèctricament des de la seva cua. Això crea un impuls cap endavant, com un motor de reacció.

Ens permetrà anar més lluny, més ràpid i amb molt menys combustible que els motors actuals.

Els propulsors iònics poden ajudar els humans a viure a qualsevol lloc del sistema solar.

Títol original: *Discovering Energy*

© del text: Johannes Hirn i Verónica Sanz
© de les il·lustracions: Eduard Altarriba

Edició original publicada en anglès el 2019 per Button Books,
un segell editorial de la Guild of Master Craftsman Publications Ltd,
Castle Place, 166 Hight Street, Lewes, East Sussex, BN7 1XU, Regne Unit.

©de l'edició catalana:
EDITORIAL JUVENTUD, S.A., 2021
Provença, 101 - 08029 Barcelona
info@editorialjuventud.es
www.editorialjuventud.es

Traducció de Raquel Solà

Primera edició, novembre del 2021

ISBN 978-84-261-4740-0
DL B 17282-2021
Núm. d'edició d'E. J.: 14064

Printed in Spain
Imprès per Alfara B3 Comunicació,
Les Franqueses del Vallès (Barcelona)

68